Comme d’habitude

Cécile Pivot

Comme d'habitude

CALMANN LEVY

Couverture
Conception graphique : Constance Clavel
Illustration : © Krasimira Petrova Shishkova /
Trevillion Images

ISBN 978-2-7021-6094-7

À Antoine et Lou

« C'est peut-être parce que je vous invente que je tiens tellement à vous. »

Antoine de Saint-Exupéry,
Lettres de jeunesse

Je ne sais, Antoine, ce que tu comprendras de ce récit que je viens de te consacrer, ni même si tu le liras. Je ne crois pas. Tu vas refuser. Je vais insister, te proposer de le lire à haute voix, mais je suis convaincue que tu me diras non et que ce non sera sans appel. Ce sera un mystère de plus à ton sujet. C'est étrange, c'est absurde, n'est-ce pas, d'écrire sur quelqu'un qui partage ma vie au quotidien, mon fils, qui jamais ne me dira ce qu'il en pense, là où je me suis fourvoyée, où j'ai été de mauvaise foi, où je me suis donné le beau rôle ou au contraire le mauvais, où j'ai exagéré les faits, édulcoré la réalité, omis un détail qui n'en était pas un. Mais tu es là, tout près de moi, si loin et si proche à la fois, et ces pages sont pour toi, avant tout. Un jour, peut-être, auras-tu envie de découvrir ce qui se cache derrière *Comme d'habitude* et jugeras-tu alors, à juste titre, que je t'ai souvent mal aimé. Mais tellement aimé, aussi.

Ce jour-là, tu seras capable d'entendre ce message : « Lorsque tu n'y arrives plus avec nous, que tout est trop difficile, incompréhensible, retourne dans ta citadelle pour y reprendre des forces, barricade-toi le temps nécessaire, mais reviens parmi nous. Rapproche-toi des bienveillants. Fuis les autres. Cela ne devrait pas être trop compliqué pour toi, qui détectes comme personne la moquerie ou le mépris dont tu peux être l'objet. Ne te laisse pas faire, bats-toi, fais entendre ta voix. »

Ce conseil est valable pour toi comme pour tous tes compagnons autistes. Sans lui, vous ne vous en sortirez pas. Le monde des « gens normaux » vous laissera végéter dans votre coin, ne fera rien pour vous accueillir. Ou si peu. Nous, vos parents, et vous, enfants et adultes victimes de troubles autistiques qui en sont capables, devons forcer les portes, exiger, imposer, pour vous intégrer au mieux et vous protéger. Notre société n'est pas faite pour vous : nous allons vite, adorons les forts, la compétition, l'argent, la rentabilité, les normes... Vous n'avez rien à y faire. Et si vous pouviez passer votre chemin, cela en arrangerait plus d'un. Moi comme d'autres aurons beau dire sur tous les tons que ce que vous nous apportez est considérable, unique, nous a transformés en bien, nous a rendus libres parce que vous nous montrez comme personne à quel point la vie est parfois drôle, cruelle ou fantasque, on ne nous croira pas. On pensera que je me suis consolée ainsi, que je suis bien trop candide. Or, c'est tout ce que je ne suis pas : je vois (presque) tout en noir, je n'ai (presque) aucune confiance en moi, je peux être dure, intraitable, j'aime l'amour, l'amitié, faire la fête, je n'ai pas sacrifié ma vie pour toi et ne compte pas le faire. Va comprendre...

Le jeune homme que je vous présente ci-après, chers lecteurs, est un drôle de loustic. Remarquable et bien vivant, ma passion et le chagrin de ma vie. Il n'a rien d'imaginaire, il se cogne à l'existence et tente de s'adapter à nous, à notre monde et, croyez-moi, il a du mérite, comme tous les autistes. Je ne prétends pas savoir ce qu'il faut faire pour eux. Vous trouverez tout seuls. Vous n'avez pas besoin qu'on vous prenne par la main, vous. Mais j'ai envie de vous dire ceci, de leur part : « Si un autiste traverse votre route, soyez vigilants et à son écoute, intéressez-vous à lui, tout simplement. Ne détournez pas la tête, ne faites pas comme si vous ne l'aviez pas vu, dites à vos enfants qui il est. » Si je suis arrivée à cela pour certains d'entre vous, ce sera pour eux, pour moi, la plus belle des victoires.

Tu dors ?

Nous te berçons jour et nuit. Nous te veillons des heures durant au-dessus de ton lit, la main posée sur ton front, caressant ton visage, ton ventre, tes mains. Nous te chuchotons des mots doux, je te fredonne *Le Tourbillon de la vie* et *Une chanson douce*. Je te supplie de me laisser un peu dormir.

Ta respiration est devenue régulière, tes paupières sont closes, ton corps s'est détendu. Nous agissons comme dans un film au ralenti, cessons de respirer, enlevons notre main posée sur toi le plus doucement possible, déplions sans le moindre bruit nos dos courbaturés et marchons pas après pas en direction de la porte de ta chambre. Nous avons cru entendre un léger mouvement, un gémissement peut-être, mais non, ce bruit, ce n'est pas toi, puisque cette fois, tu dors enfin. Nous ne devons pas nous retourner, la libération ne se trouve plus qu'à deux mètres. Nous attrapons la poignée et… tu pleures à nouveau. Nous revenons sur nos pas et réitérons les mêmes gestes, les mêmes mots. Le tumulte de la ville s'est dissipé, les klaxons se sont tus, les rideaux de fer des restaurants se sont abaissés, les pas des passants évanouis au loin. Nous finissons par te prendre dans nos bras.

Dans notre appartement parisien, nous n'écoutons plus de musique, parlons à voix basse, marchons sur la pointe des pieds, avons repéré les lattes de parquet traîtresses, accompagnons la fermeture des portes, tirons les rideaux avec douceur, maudissons la sonnerie du téléphone, les cris de la rue. Le moindre bruit te réveille et tu n'es alors pas près de succomber à nouveau au sommeil. Les jours sont devenus semblables aux nuits et se confondent en un seul et même temps. Tes pleurs nous tiennent en éveil et rythment nos heures dans une cadence saccadée et abrutissante.

Tu sembles t'apaiser lorsqu'on t'installe dans ton sac kangourou, ton corps collé à la verticale contre ma poitrine ou celle de ton père. Mais il n'est pas question de s'asseoir ou de faire une halte, tu pleures instantanément. Marcher, nous devons marcher. Nous sommes assommés de fatigue.

Tu as faim, tu essaies de manger, en tout cas les premières semaines. Puis la nourriture devient pour toi synonyme de douleurs au ventre, crampes d'estomac, régurgitations. Tu t'arc-boutes dès que le biberon se pose sur tes lèvres, tes poings se crispent, tu grimaces et as l'air de penser que nous te tendons un piège, te voulons du mal. Nous apprenons à te nourrir au compte-gouttes, toutes les deux heures environ. Tes crises de colère sont impressionnantes. Nous sommes désarçonnés, impuissants. Nous ne te comprenons pas, ne savons pas ce que tu veux, comment te soulager. Qui es-tu ? Que faisons-nous mal ? ne cessais-je de me demander.

Vingt et un ans plus tard, je ne supporte pas d'entendre un bébé qui pleure fort. Cela me vrille les tympans, les battements de mon cœur s'accélèrent et j'ai envie de fuir si je ne peux le prendre dans mes bras pour tenter de l'apaiser. Vingt et un ans plus tard, je me hisse instinctivement sur la pointe des pieds lorsque je rends visite à une amie qui vient d'avoir un enfant.

Ton pédiatre nous demande de noter les heures auxquelles nous te donnons tes biberons, ainsi que les quantités prises. Un compte rendu écrit, qui ne l'a d'ailleurs jamais intéressé par la suite. J'ai retrouvé par hasard cette feuille, rangée dans un cahier, alors que tu étais déjà un adolescent. Les faits sont là, noir sur blanc. Les quantités infimes de lait que tu bois, toutes les trois heures environ, et que tu vomis, instantanément ou des heures plus tard : 70 grammes à 4 h 45, 30 grammes à 6 heures, 60 grammes à 11 h 15, 20 grammes à 13 h 30, 80 grammes à 16 h 25, 35 grammes à 22 heures. Ces chiffres sont un témoignage du cauchemar que nous vivons, toi, ton père et moi, et qu'on nous laisse vivre seuls. Mais si nous, tes parents, gardons malgré tout la tête hors de l'eau, c'est parce que nous avons l'espoir chevillé au corps que ce n'est qu'un mauvais moment à passer et que demain sera un autre jour. Tu es un bébé difficile et fragile, doté d'un sacré caractère, voilà tout. Le quotidien nous a engloutis, nous menons une course folle dans ce tunnel dont nous ne voyons pas la fin.

À six mois, tu en fais physiquement quatre, à douze, on t'en donne sept. L'heure des premiers mots, des premiers jeux, n'est pas au rendez-vous. Tes gestes sont stéréotypés. Ton regard part on ne sait où. Tu n'es pas avec nous, tu te tiens à la lisière de la vie, et ce depuis la première heure.

Ce jour-là

Il fait le temps que j'aime et je ne peux m'empêcher de penser que c'est de bon augure. L'aube se lève, c'est le printemps. Balayés par le vent, les nuages sont chahutés, défilent dans le ciel et m'évoquent un film que l'on passerait en accéléré. Le soleil résiste et refuse de céder sa place. Le décor n'est pas celui que je me suis imaginé des dizaines de fois durant neuf mois : une salle de travail anonyme située en sous-sol et éclairée par des néons diffusant une lumière glauque. J'ai au contraire été installée dans une pièce agrémentée de vastes fenêtres et située au dernier étage de la clinique. Décidément, tout s'annonce sous les meilleurs auspices. Je suis si près du ciel, je ne cesse de le regarder et je compte sur lui pour que tout se passe bien. À peine quelques heures plus tard, ce 10 mai 1994, tu es là, mon premier enfant, passant de ta vie souterraine à mes bras. Antoine. Nous avons regagné notre chambre et c'était le tout début d'une nouvelle histoire, merveilleuse et si banale à la fois, celle d'une jeune femme qui vient de donner naissance à son premier enfant.

Je ne me souviens pas de la toute première fois où l'idée me traverse, de manière extrêmement fugace, que quelque chose ne va pas chez toi. Tu as quelques jours, une ou deux semaines peut-être, guère plus. « Il n'a pas mangé » et « Il n'a pas dormi » sont en tout cas des phrases que je prononce alors que nous nous trouvons encore à la clinique. Je ne me doute pas alors que je les répéterai par la suite des centaines de fois des années durant. Je pense que tout changera une fois que nous serons rentrés à la maison. Tu pesais trois kilos à ta naissance et, comme tous les nourrissons, tu as perdu un peu de poids les premiers jours. Lorsque nous sortons de la clinique, trois jours plus tard, tu n'as pas récupéré ton poids de naissance, mais cela ne semble pas poser le moindre problème au corps médical. Je ne dis rien, ce sont eux les professionnels, ils savent. Je me rappelle avoir supposé que cette règle dont j'avais connaissance – ne laisser les nouveau-nés sortir qu'une fois leur poids de naissance retrouvé – était probablement dépassée, un truc datant de nos grands-mères. Ce premier silence est mon premier faux pas. Tu as trois semaines lorsque tu pèses à nouveau trois kilos. Je le vis comme une petite victoire.

Tu sais marcher, à l'âge de dix-neuf mois. Tu peux manger des aliments solides, tu trouves peu à peu le sommeil, même s'il est fragile, mouvementé, avare de ses heures, mais bien là. Après ce que nous avons vécu, nous n'allons pas nous plaindre : nous sommes sur la bonne voie.

Je comprendrai neuf ans plus tard, parce que j'occupe le même lit que toi pendant des vacances à Majorque et que je suis alors sujette à des insomnies, qu'il n'en est rien. En réalité, tu ne dors pas plus qu'autrefois. Dans ce grand lit à baldaquin que nous partageons pendant notre séjour aux Baléares, je t'observe longuement. Tu lâches prise, parfois, mais tu restes sur tes gardes. Tes yeux sont fermés, tu es immobile mais tu veilles et, dès que je bouge le petit doigt ou que tu entends quelque chose, tu ouvres les yeux et tournes la tête en direction du bruit. Moi aussi, je fais semblant d'être assoupie et je te vois alors lever les bras pour les faire danser doucement au-dessus de ta tête. Tes mouvements silencieux sont empreints de délicatesse, ils me font penser à un théâtre de marionnettes muet.

Tu es simplement devenu, avec le temps, un petit garçon sage qui laisse dormir ses parents. Tu possèdes une résistance physique hors du commun.

Aujourd'hui, alors que tu as vingt et un ans, il m'arrive, lorsque je sors le soir, de venir, une fois de retour à la maison, t'embrasser dans ton lit et baisser le son de ta radio, compagne de tes nuits. Tu me prends instantanément dans tes bras. Si tu fais semblant de dormir – et tu fais ça plutôt très bien – c'est parce que tu serres dans tes mains ou caches sous ton oreiller des pièces de monnaie, des billes ou des bonbons. Tu en as peut-être même plusieurs dans la bouche et tu as peur, à juste titre, que je ne les découvre et ne te sermonne.

Tu n'as jamais eu de réveil. Si nous devons nous lever à 4 heures du matin pour partir en voyage, tu es le premier debout, habillé. Assis sur ton lit, tu nous attends, prêt à descendre ta valise, bouclée depuis quelques jours déjà. Si cela ne tenait qu'à toi, tu l'aurais faite des semaines auparavant. En vacances, tu te réveilles à 8 h 44. Si une coupure de courant s'est produite durant la nuit, tu nous annonces le matin, au petit déjeuner, à quelle heure elle a eu lieu exactement. Tu es toujours très étonné que nous ne l'ayons pas nous aussi notée. Et tu adores ça : partir avant le lever du jour et les coupures de courant. Je suppose que ces petits événements rompent la monotonie de tes nuits, qui doivent te paraître interminables.

Tu as très vite adopté les gestes et les codes qu'utilisent les « neurotypiques », les gens dits normaux, les formules de politesse qui permettent de passer inaperçu afin de ne pas horripiler ta mère en te comportant comme un petit sauvage. « Bonjour, ça va ? », « Merci », « Au revoir » sont venus avec naturel ; tu souris facilement et on m'a souvent regardée avec étonnement, voire avec méfiance : Est-ce bien l'enfant dont je leur ai parlé ? N'ai-je pas terriblement exagéré les choses ? Il faut savoir que derrière ces mots, cette première rencontre où tu parais si avenant, tu fermes les portes à double tour. Il faut aussi vivre auprès de toi pour mesurer à quel point tout te coûte dans la vie. Nous sommes une famille plutôt à cheval sur la bienséance, le savoir-vivre et tu as su rentrer à peu près dans le moule, faire preuve de discrétion, copiant tes gestes sur les nôtres.

Il y a quelques semaines, alors que nous nous promenons aux puces de Saint-Ouen avec ta sœur Lou et ton grand-père, tu poses une question naïve à des inconnus venus parler à ton grand-père. Nous t'avons signifié notre agacement, sous-entendu : « De quoi te mêles-tu ? » Et tu nous as répondu : « Ben quoi, qu'est-ce qu'elle a ma question ? Ce n'est pas dramatique. » Et tu avais tellement raison. Ta réaction – auparavant, tu aurais baissé la tête et acquiescé, un peu honteux – montrait aussi que tu avais acquis un peu d'assurance, la meilleure chose qui puisse t'arriver.

Le tamis

Je t'emmène jouer au parc tous les week-ends. Tu vas directement au bac à sable. Les enfants autour de toi construisent et creusent, à l'aide de leurs seaux, pelles et râteaux, des trous, des châteaux, des tours, des maisons, des tunnels, mais toi, tu exécutes toujours les mêmes gestes répétitifs qui consistent, avec un gobelet en plastique, à passer le sable dans les trous de ton tamis et à le regarder couler. Tu peux le faire indéfiniment. Tu te balances d'avant en arrière, ton corps tremble d'excitation lorsque le sable se met à couler. Les autres parents installés autour du parterre finissent par te remarquer, c'est inévitable, et cherchent alors à savoir avec qui est cet enfant si étrange. Ils tournent la tête à gauche, à droite, en toute discrétion, genre vision panoramique au ralenti, genre nous ne regardons rien de particulier, nous ne faisons que rêvasser. Mais même assise sur ma chaise et plongée dans ma lecture, je les devine, j'ai des yeux derrière la tête et des antennes ultra-perfectionnées à force d'observer et d'écouter les conversations des inconnus. Une sale habitude que j'affectionne.

Je n'ai pas honte de toi, c'est un sentiment dont j'ai été et serai toujours dépourvue à ton égard.

À la place de ces parents-là, qui ont eu la chance de donner naissance à des enfants bien portants, je sais que j'aurais adopté la même attitude – simple question de curiosité et formidable remède pour se rassurer sur son sort pour pas un sou. Mais dès lors, plus moyen de me concentrer sur mon livre : je tente de deviner leurs pensées. La jolie blonde au regard étonné se demande si je suis la mère, le gros barbu te regarde avec gentillesse et la petite brune, qui était dépassée par ces trois turbulents garçons quelques minutes auparavant, semble se dire que tout compte fait, elle n'est pas si mal lotie. Et il y a toujours un incrédule, inévitable lui aussi, qui te regarde de biais, l'air atterré et apeuré à l'idée, je suppose, que tu puisses être contagieux pour lui et ses enfants. Celui-là, je lui enfouirais volontiers la tête dans le sable.

On me repère facilement car lorsque tu relèves la tête, lassé de tes gestes répétitifs, tu ne regardes que moi et je te souris. Les autres enfants rient, crient, courent autour de toi, passant d'une activité à l'autre, mais tu ne les vois pas, il n'y a personne. Et quand l'un d'eux s'intéresse à toi au point de venir s'agenouiller à tes côtés pour placer ses mains sous ton tamis afin de sentir le sable couler entre ses doigts, tu ne lui adresses pas un regard, tu ne le repousses pas non plus, mais n'émets pas un geste pour l'inviter à jouer, même s'il tente d'engager la conversation.

Autiste

Tu es devenu un petit garçon définitivement pas comme les autres. Taisant tes émotions, retardé, angoissé, affectueux mais, me semble-t-il, doté dès les premiers mois de ton existence d'une force de caractère inouïe. Tu te rends compte à chaque instant des difficultés que tu rencontres, tu es conscient de ton retard, tu subis les mises à l'écart, les moqueries, et les regards étonnés ou surpris qui se posent sur toi ne t'échappent pas. Tu endures, sans mot dire.

Vers l'âge de deux ans, tu commences à te montrer violent envers toi-même. Tu ne l'es jamais avec les autres. En colère, tu t'agenouilles par terre et te frappes le front contre le parquet ou les angles droits des meubles, jusqu'à te faire saigner. Tu es ainsi, à certains moments, plein de douleur, colérique et immaîtrisable, à d'autres, câlin, te pelotonnant contre moi et me caressant la joue, comme pour me consoler. Un petit animal sauvage terriblement sensuel. Tu bernes tous les médecins que nous allons consulter en leur prodiguant de larges sourires. Tu fais preuve d'un calme inébranlable, imperturbable lorsqu'on t'ausculte ou que l'aiguille pour un vaccin pénètre ta peau, alors que j'aimerais que tu leur montres davantage ton mal-être. Peut-être l'un d'eux te percerait-il alors à jour ?

Je suis une jeune femme docile avec les médecins et – trop – respectueuse de leur savoir. Pourquoi rester silencieuse et obéissante ? Nous repartons après chaque consultation avec une ordonnance longue comme mon bras, qui te prescrit un nouveau lait et de nouveaux médicaments à prendre avant, pendant ou après tes biberons et censés résoudre tes soucis. Je sais pertinemment que le cœur du problème n'est pas là. Pourquoi ne leur dis-je pas plus fort que je soupçonne chez toi une douleur profonde ? Par peur de déranger, d'être mal vue, de me ridiculiser. Je devrais me montrer plus déterminée vis-à-vis des pédiatres, exiger des explications, les persuader que je ne m'entête pas pour rien. Tu ne tournes pas rond, tu es dans la souffrance. Même si tu me dépasses et si tu es déjà pour moi un mystère, personne ne te connaît mieux que moi, c'est une évidence sur laquelle il faudrait que je m'appuie, dont je devrais être persuadée et je ne le suis pas. On me demande des preuves de ce que j'avance, je n'en ai pas. Mon anxiété ne fait pas le poids. Je dois te laisser le temps de grandir, un sommeil fragile, de simples coliques, rien de plus, tu es un garçon et les garçons, madame, ont souvent un petit retard. Et puis, me dit-on en me jaugeant rapidement de la tête aux pieds lorsque je m'inquiète de ton aspect chétif, les chiens ne font pas des chats.

J'ai longtemps été en colère contre les médecins, qui n'ont rien voulu voir, se contentant du minimum, incapables à l'époque de détecter ton handicap. Il aurait suffi de te prêter attention un peu plus longtemps qu'à un autre, d'être davantage à mon écoute, pour se rendre compte que derrière ton sourire se cachaient des défaillances. Hélas, pas un n'a fait exception.

À l'âge de trois semaines exactement, ta sœur a régurgité son biberon pour la première fois. Il n'y avait rien de comparable avec tes symptômes au même âge, mais j'ai pensé que le cauchemar que nous avions vécu avec toi recommençait. À l'époque, tu as deux ans et demi, nous ne savions pas encore que tu étais atteint de signes autistiques. Le pédiatre a tenté de me rassurer. J'ai entendu, excepté l'excuse des garçons qui ont souvent du retard, le même discours que celui que l'on m'avait ressassé pour toi des dizaines de fois : cela allait passer, ce n'était rien, il fallait que je me détende. Mais cette fois, je n'ai pas cédé et j'ai exigé des examens approfondis afin de savoir ce que Lou avait exactement. Une semaine plus tard, nous avions un rendez-vous à l'hôpital et j'ai su ce qu'elle avait le jour même : son estomac n'était pas encore totalement formé et le trop-plein de lait occasionnait des vomissements qui s'atténueraient avec les mois. Ce que j'avais vécu avec toi m'avait servi de leçon : je refusais de laisser du temps au temps. Je voulais bien passer pour une emmerdeuse, une caractérielle, du moment que l'on prenait en compte ma parole.

La pédiatre que nous allons voir pour un simple rhume est un bon exemple de tous ceux que nous avons consultés. Elle procède sur ton corps aux gestes habituels, écoute les battements de ton cœur, scrute tes oreilles, ton nez, ta gorge, vérifie ton poids. Elle remarque comme beaucoup d'autres tes yeux bridés, me demande si ton père est asiatique, je réponds comme toujours par la négative. Elle s'assied enfin derrière son bureau, regarde brièvement ton carnet de santé et je profite de ce moment, avant qu'elle ne me donne congé, pour lui confier mon inquiétude : il ne parle pas, juste quelques mots, toujours les mêmes, il dort mal et il vomit encore beaucoup. Et puis j'ai l'impression qu'il vit dans sa bulle, il ne s'intéresse à rien. À l'école, ça ne va pas.

« Oh, me répond-elle, Antoine a deux ans et demi, tout cela va venir. Il est bien souriant en tout cas.

— Non, il a trois ans et demi.

— Ah, oui… Peut-être présente-t-il un petit retard de langage, je vais lui prescrire quelques séances d'orthophonie. »

Elle te donne un an de moins que ton âge, mais ne va pas plus loin dans sa réflexion. Rien de rien, aucune alerte à l'horizon, encéphalogramme plat. Elle a cependant trouvé un bon moyen de balayer le problème en m'adressant à une orthophoniste qui fera bien l'affaire. Il y a cette même indifférence polie chez tous les médecins que nous voyons.

Un seul est odieux avec nous, un ostéopathe. Vivement recommandé, lui aussi. Il va te remettre le cerveau à l'endroit, aucun doute, c'est un magicien, nous a-t-on dit. Il faut être dans une situation un peu désespérée pour croire en un miracle de ce genre, mais c'est l'état dans lequel nous sommes à l'époque, ton père et moi, ouverts à toutes les recommandations de nos connaissances et amis. Un nouveau nom, un téléphone, une adresse et nous reprenons espoir. Il est froid, pédant. Il me demande, dès notre entrée dans son cabinet, comment s'est passé l'accouchement. « Très bien », lui réponds-je. Tu es arrivé très vite, en trois heures trente, sans le moindre problème avant, pendant et après. « Mais madame, me rétorque-t-il d'un ton glacial, je ne parle pas de vous, ce n'est pas le sujet. Je vous demande comment cela s'est passé pour votre fils. » Je reste sans voix une fois de plus, avec tout d'abord l'impression d'avoir commis une faute, de m'être montrée égoïste à ton égard alors que je devrais lui dire que je ne peux pas savoir si tu l'as bien ou mal vécu. Se souvient-il, lui, de sa naissance ? Moi pas, en tout cas. Je devrais ajouter que si son souhait est de me culpabiliser, qu'il soit sans crainte, de la culpabilité, j'en ai à revendre. Puis il s'intéresse à ton crâne, qu'il manipule dans tous les sens de manière énergique. Son diagnostic est sans appel : tu as le cerveau compressé, il faut revenir le voir bientôt, il va dégager tout ça. Nous n'y sommes bien entendu jamais retournés – 90 euros la séance pour donner de l'air à ton cerveau, te faire souffrir et me faire engueuler, c'est trop cher payé.

Il nous faut attendre tes quatre ans et demi, ton échec à l'école maternelle, et que tu te fracasses sciemment deux fois la tête dans une fenêtre pour que l'on me dise : « Oui, il a besoin de soins. » Ce n'est pas un pédiatre qui dresse ce constat, mais mon oncle Pierre, psychologue clinicien, que j'appelle un jour de détresse. Sept mois et une batterie d'examens plus tard, un diagnostic est posé : tu as des signes autistiques. Je le soupçonne depuis longtemps et ce jour-là, je ne tombe pas des nues. Je le vis à la fois comme un drame et comme un soulagement. Je ne serai plus la seule, désormais, à prononcer le mot « autiste ». Tout ce qui fait de toi un être singulier porte un nom, est ancré dans la réalité. Je ne suis donc pas folle et ce mot ne rôdera plus autour de moi pour s'échapper et revenir me narguer à la moindre occasion. Je ne le formulerai plus très vite, à voix basse, lesté d'un point d'interrogation, comme s'il était honteux, exagéré de ma part, mais dans l'espoir que mon interlocuteur l'attrape au vol pour venir à mon secours.

À compter de ce jour, de cette heure, je peux te considérer tel que tu es, un enfant handicapé, différent. Dans le cabinet de ce psychiatre, tu te tiens derrière nous, assis par terre dans le fond de la pièce, et tu joues avec des cubes de couleur. Je me retourne et ne vois plus le même petit garçon. C'est toujours toi, bien sûr, mais je te regarde désormais autrement. Un filtre de couleur sombre s'est posé sur mes yeux. C'est comme une seconde naissance, certes un peu triste, mais avec de vraies cartes en main. Je n'ai étrangement aucun souvenir de la conversation que nous avons avec ton père en sortant du cabinet ce jour-là, ou dans la soirée. Il ne me reste rien, je l'ai effacée de ma mémoire. Ce que je me rappelle, en revanche, c'est ma méprise concernant les termes employés, « signes autistiques », qui signifient pour moi, qui ne connais pas grand-chose de ce handicap – sinon ses symptômes les plus visibles et les plus communs et les ouvrages du psychanalyste Bruno Bettelheim, lus lorsque j'étais adolescente –, que tu n'es pas véritablement, totalement, autiste. On a, pensé-je, décelé chez toi des signes, une menace plane au-dessus de ta tête tel un mauvais présage, mais rien de plus. À ma décharge, l'autisme et le spectre qu'il recouvre n'étaient pas un sujet dont on entendait beaucoup parler en France, il y a dix-sept ans. Voire pas du tout.

Aujourd'hui, je feuillette nos albums photo. J'y souris. Toi aussi, parfois. Grâce à Agnès, ta tante, qui aime photographier depuis toujours, nous possédons de nombreuses images de toi à tous les âges, et comme tu as été, deux ans et demi durant, jusqu'à la naissance de ta sœur, le seul enfant de la famille, elle s'en est donné à cœur joie. Celles où tu apparais entre ta naissance et tes quatre ans et demi me fascinent. Nous ne savions alors pas ce que tu avais et je sonde mon visage pour tenter d'y déceler l'insouciance qui m'habitait encore, malgré la fatigue et le doute. Ces photos sont un témoignage de l'*avant*. Du temps de l'innocence.

J'interroge aussi ton visage, ton regard qui se tourne vers les autres, vers l'objectif, tes expressions et tes mimiques, ton sourire, la façon dont tu te tiens debout ou assis. Je suis à la recherche d'une preuve flagrante de tes défaillances qui m'aurait échappé toutes ces années durant. Sur ces clichés où tu poses au milieu des vignes, après une promenade, au bord de la piscine juste avant de pénétrer dans l'eau, sur la plage, tenant un ballon presque plus grand que toi ou assis sur ton vélo, je vois un enfant comme les autres, entouré et aimé des siens. Il semble avoir une vie confortable, inscrite dans la normalité des choses et ira un jour prochain à l'école maternelle. Quelque chose ne va pas chez toi, mais ces clichés n'en disent rien. Bien sûr, si l'on pinaille, on peut s'étonner de tes yeux bridés et de ta stature, encore faut-il savoir que tes parents n'ont ces yeux ni l'un ni l'autre et connaître ton âge réel. Si l'on est fin observateur, on remarquera que nombreuses sont les photos où tu te tiens en retrait des autres, le regard dans le vide et, me semble-t-il, empreint de tristesse. On peut aisément se laisser persuader, en feuilletant nos albums dans un ordre chronologique, que tu grandis normalement.

Il y a pourtant un avant et un après dans ma vie, mais pas de photo du jour J, où tout a basculé. Je ne vois pas, parmi ces dizaines d'instantanés, celui qui afficherait l'instant T, quand plus rien n'a été comme autrefois. Rien de plus normal, pourrais-je me raisonner une bonne fois pour toutes, puisque d'avant, il n'y a jamais eu. Pas d'accident, pas de drame, pas de choc… tout s'est déroulé en douceur, un jour après l'autre. À la rigueur, cette photo aurait pu être prise au moment où, dans son cabinet, le psychiatre nous a annoncé de quoi tu souffrais. L'objectif se serait déclenché à la seconde précise où j'ai posé mon regard, neuf et blessé, sur toi. Mais elle aurait été aussi un peu mensongère, puisque je soupçonnais déjà ce que tu avais et n'attendais plus qu'une confirmation. En réalité, celle qui se rapprocherait au plus près de cette seconde, unique car détentrice d'une vérité tangible, qui me permettrait de dire « Après, ça n'a plus jamais été pareil », nous montrerait probablement tous les deux le jour de ta naissance, quand je t'ai serré dans mes bras pour la première fois.

Fausse route

Les cinq premières années de ta vie, nous avons souvent pris ton inertie pour de la fainéantise ou de la mauvaise volonté. Nous étions loin de la réalité. Tu étais reclus dans ta forteresse, tu *ne pouvais pas* venir jusqu'à nous. Il n'était pas question de caprices, de paresse, d'étourderie. Ces traits de caractère, dont nous t'affublions très fréquemment, qui nous énervaient, nous inquiétaient ou nous faisaient rire selon notre humeur, étaient hors de propos. Nous t'avons bousculé, heurté, forcé à grandir comme les autres, à acquérir les apprentissages en temps et en heure, notamment pour faire ton entrée en école maternelle, alors que tu en étais incapable. Cinq années de fausse route aux dégâts innombrables. Lorsque j'ai eu la confirmation que tu étais autiste, le temps s'est arrêté. J'ai agi différemment, t'incitant à faire certaines choses dont je te savais capable – devinant derrière tes refus la peur de l'échec ou de l'inconnu, mais aussi de la paresse –, tandis que je t'ai ménagé pour d'autres, me doutant qu'elles étaient hors de ta portée, incompréhensibles pour toi ou trop angoissantes. Malgré tout, il reste extrêmement difficile, aujourd'hui encore, de savoir où placer le curseur.

Lorsque j'ai su de quoi tu étais atteint, je ne t'ai plus parlé, encouragé, rabroué de la même façon. Aider ses enfants à grandir ne va pas toujours de soi, nous commettons tous des erreurs, nous nous montrons trop laxistes ou trop sévères, nous focalisons sur des détails sans importance, leur transmettons inconsciemment certaines de nos névroses ou de nos frustrations, leur faisons payer notre mauvaise humeur, notre fatigue… mais avec toi, j'ai perdu beaucoup de mon assurance. Je sais que la plupart de mes actes et de mes paroles sont porteurs d'une signification autre, que je ne maîtrise pas toujours, aux répercussions parfois mystérieuses, ahurissantes même, et que le mode d'emploi pour décrypter certaines de tes réactions ou de tes silences n'existe pas. Je marche sur des œufs et j'en casse pas mal, parce que j'ai tendance à t'infantiliser, à te protéger ou, au contraire, à te laisser seul au milieu du gué quand je devrais être près de toi. Je me fais souvent l'effet d'un éléphant dans un magasin de porcelaine. À te dire des mots – parce que tu m'exaspères, que je n'en peux plus – que je vais terriblement regretter quelques minutes plus tard. Je viendrai alors m'excuser, te dire que je ne les pensais pas et tu me répondras, parce que tu es d'une gentillesse infinie, que je suis toute pardonnée. Mais mes paroles auront porté bien au-delà de ce que je peux imaginer. Les jours ou les mois suivants me le prouveront. C'est infaillible.

Urgences

Les dix premières années de ta vie, où que nous nous trouvions, ton père et moi faisons connaissance avec les services d'urgences du coin. Certains sont férus de musées, d'églises, de promenades. Nous, ce sont les urgences. Chacun son truc.

Tu es gardé à la maison par une nounou, mais tu enchaînes les otites, simples ou doubles, angines, bronchiolites et rhinopharyngites. C'est pénible, mais cela le serait beaucoup moins si tu ne rejetais pas systématiquement l'antibiotique qu'on te prescrit. Le poser délicatement sur ta langue, le placer dans le fond de ta gorge ou tenter de le mélanger ni vu ni connu à ton lait ne rencontrent aucun succès : tu le vomis à la seconde où tu l'avales. Nous essayons de nouvelles ruses et finissons, à la fin de la journée, par ne plus savoir si tu n'as pas pris du tout ton médicament ou si, au contraire, tu as ingurgité le double, voire le triple, des doses recommandées. Ce qui est certain, c'est que jusqu'à tes six ans, pour une raison ou une autre, tu es sous antibiotique dix jours par mois. Et encore, ce sont les bons mois.

Toi qui es loin d'être un casse-cou, tu passes ton temps à te cogner, glisser et trébucher. Tes jambes donnent l'impression de ne pas être ancrées dans le sol, tu chancelles et t'étales aux moments où nous nous y attendons le moins. Je ne compte pas le nombre de fois où tu t'ouvres le front et les lèvres. Si tu pouvais passer ta vie sur les épaules de ton père, cela t'arrangerait drôlement. Tu es comme le jeune autiste Naoki Higashida[1], qui se décrit ainsi : « Ah, mais sur ta planète, j'ai toujours l'impression que je flotte dans l'espace et que je ne pèse rien. »

Tu as cinq ans. Ton haleine est épouvantable. Je m'échine à te laver les dents plusieurs fois par jour, en vain. Ça ne vient pas de ta bouche. Peut-être tes cheveux ? Je te shampouine la tête en massant ton crâne énergiquement, mais cette odeur, qui me soulève le cœur, refuse de disparaître. Un soir, nous appelons un médecin, car tu as le nez totalement bouché. Encore un rhume, qu'il sera impossible d'enrayer sans un antibiotique… Rien de tout cela, cette fois : tu as bouché ton nez avec des aliments, a priori du poulet, nous annonce le praticien, tout aussi médusé que tes parents. Ton père part à l'hôpital avec toi afin que l'on te retire, à l'aide d'une pince, cet improbable garde-manger. La mauvaise odeur provenait de là, il fallait y penser.

Sur le ferry qui nous mène en Corse, tu avales une pièce de monnaie. Elle est apparemment coincée au niveau de ta gorge. C'est de notre faute : nous avons eu un moment d'inattention. Un membre de l'équipage adresse par haut-parleur un message aux voyageurs : se trouve-t-il un médecin

1. Naoki Higashida, *Sais-tu pourquoi je saute ? La voix intérieure d'un autiste de treize ans*, Les Arènes, 2014.

parmi eux ? Nos amis Katja et Christophe, avec lesquels nous passons ces vacances estivales et qui se trouvent, au moment où l'appel est diffusé, à l'autre extrémité du bateau, nous diront plus tard qu'ils devinent déjà que cette annonce te concerne : eux aussi ont pris l'habitude de tes catastrophes à répétition... Un médecin se présente, examine ta gorge et tente de nous rassurer : il y a 95 % de chances que la pièce ressorte par les voies naturelles. Ce chiffre est plus qu'encourageant, mais je devine déjà que tu feras partie des 5 % restants. J'ai vu juste. À peine avons-nous posé le pied sur l'île que nous filons aux urgences. Tu as de plus en plus de mal à déglutir. La pièce maudite sera extraite par aspiration et nous passerons toi et moi la nuit à la clinique avant de rejoindre la maison que nous avons louée. Toute blanche et de plain-pied, meublée simplement, elle est jolie et il suffit de traverser le jardin pour accéder à la plage. Les vacances ont mal commencé, mais le pire est derrière nous. Je remarque toutefois avec appréhension les nombreux et imposants cactus plantés dans le jardin. Je pressens la suite. Là encore, j'ai raison, même si je ne m'attendais pas à ce que tu tombes dedans tel un personnage d'un dessin animé de Tex Avery, de tout ton long, paumes en avant et bien à plat. Les épines n'épargnent quasiment aucune surface de ta peau face antérieure. C'est à la pince à épiler que ton père les ôtera, une à une.

Je rentre de la clinique avec ta petite sœur qui vient de naître. Tu es curieux de voir comment je fais pour la changer. Je t'assieds juste à côté de moi, sur le rebord du lavabo dans la salle de bains. Quelques minutes plus tard, tu en as assez et te laisses glisser, mais à peine as-tu touché le sol que tu commences à pleurer, très doucement. Je suppose que tu as envie que l'on s'occupe de toi, que tu es un peu jaloux, c'est bien normal pour un petit garçon qui a deux ans et demi. Mais tu m'énerves, tu continues de chougner et là, tout de suite, je ne suis pas disponible pour toi. Je t'installe sur notre lit, le temps de finir avec ta sœur. Lorsque je reviens vers toi, tu refuses de te lever, je rouspète et finis par te prendre dans mes bras pour te relever. Mais tu trembles, tu flanches. Tu t'es fait très mal et je le réalise bien tard. Direction l'hôpital Necker. Tu as la jambe cassée et passeras les trois semaines suivantes dans le plâtre.

Je suis étourdie, négligente, je culpabilise, je me demande si tout ce qui t'arrive n'est pas de ma faute. Je devrais te suivre à la trace, te couver, surveiller tes moindres faits et gestes à chaque seconde, mais je ne sais pas faire. Je t'aime, là n'est pas la question, mais je refuse de sacrifier ma vie pour toi. Je ne veux pas devenir ton garde du corps. J'ai besoin de m'échapper pour aller travailler, danser, sortir, rêver.

Une fois de plus, tu tombes de ton vélo à quatre roues. Tu t'es éraflé l'avant-bras, je te redresse, t'inspecte, te palpe et découvre, en soulevant ton tee-shirt, tes premiers boutons de varicelle. Ce n'est pas une surprise, tu as fréquenté des enfants ayant contracté la maladie quelque temps auparavant. Deux heures plus tard, alors que tu ouvres grand la bouche pour bâiller, je m'aperçois avec horreur que l'une de tes dents est incrustée dans ton palais, résultat de ta chute. Tu ne pleures pas, tu es tout juste un peu sonné. Ton insensibilité à la douleur, ou en tout cas le fait que tu ne te plains pas, nous fait souvent penser que le calme est revenu après la tempête, alors qu'il n'en est rien. Si un pédiatre avait décelé ton autisme avant tes quatre ans et demi ou si, tout du moins, sans prononcer le mot « autisme », l'un d'eux m'avait mise en garde, confirmant mes soupçons qu'il y avait peut-être un problème et que non, bien sûr, les choses ne se passent pas toujours ainsi avec un enfant, ou même s'il avait seulement repéré ton seuil de douleur extrêmement élevé, peut-être me serais-je efforcée d'être plus vigilante.

C'est l'époque des gastro-entérites. Aucune raison que tu échappes à l'épidémie qui nous touche tous plus ou moins. Ton teint passe du blanc au bleu, tu te plains vaguement d'un mal de ventre et n'a aucun appétit. Je te soigne, mais tes symptômes, comme toujours, sont flous, difficiles à cerner. La semaine passe ainsi et tu pars pour le week-end chez ton père – duquel je suis séparée depuis un an –, où ton état se dégrade brutalement. Tu restes prostré sur la cuvette des toilettes, tu as mal. Ton père intervient en extrayant de ton anus un sac plastique. Il est resté une semaine dans ton ventre, tandis que je te soignais pour une gastro. Tu as frôlé l'occlusion intestinale. Comment aurais-je pu imaginer un tel scénario ? Qui avale des sacs plastique ? Avec toi, il aurait fallu, pour se préparer au pire qui menaçait à tout instant, imaginer les situations les plus improbables, grotesques, dangereuses, hallucinantes. Je rêve de passer une journée dans ton cerveau pour y traquer tes angoisses et tâcher de les apaiser, mettre à bas tes obsessions et t'en détourner, comprendre tes empêchements et lever les barrières.

Les autres

Je parle de toi avec une grande facilité si on me le demande, mais plus d'une fois, il m'est arrivé de mettre mon interlocuteur dans une position gênante. Je comprends trop tard que sa question « Ça va ton fils ? » n'est qu'une simple formule de politesse et qu'une phrase évasive du genre « Oui-je-te-remercie-ça-va-même-si-ce-n'est-pas-facile-tous-les-jours-et-toi-les-tiens ? » était la réponse attendue. Mais non, j'étale entre le plat et le dessert mon désespoir de mère, agrémenté d'un cours pour les nuls sur l'autisme, et c'est comme si je m'étais mise toute nue devant lui, qui n'en demandait pas tant. Trop tard : je suis lancée, j'ai besoin de me confier, c'est dur en ce moment, et je fonds sur sa question comme la misère sur le bas monde. C'est même pire que cela : son sourire gêné et son regard ennuyé qui s'échappe vers la table d'à côté m'horripilent, me blessent, alors j'en rajoute dans le pathos. Et pour cela, pas besoin de me forcer, j'ai un don.

Avec le temps, j'ai appris à distinguer les bien élevés qui s'en fichent et posent une ou deux questions par pure politesse de ceux que le sujet intéresse réellement. Il ne faut pas croire que les premiers ne sont que des connaissances et les seconds mes meilleurs amis. Je peux avoir des discussions très intéressantes te concernant, ou sur l'autisme en général, avec des personnes que je connais peu, mais qui se montrent intéressées et font preuve d'empathie, tandis que certains de mes proches évitent le sujet. Après avoir, des années durant, établi cette règle implicite et inconsciente : « C'est mon fils et moi ou c'est personne », après avoir coupé les ponts avec des gens que j'appréciais par ailleurs, tant la moindre marque d'indifférence, le moindre regard méprisant ou affligé posé sur toi me blessaient de manière disproportionnée, je me suis assouplie. J'ai aujourd'hui auprès de moi de très chers amis qui balaient négligemment ton cas de la main. Ils aiment que je sois forte, rechignent à me voir m'apitoyer sur mon sort. À chacun ses emmerdes est, semble-t-il, l'une de leurs devises phares. La compassion, très peu pour eux. Avec eux, je vois désormais le bon côté des choses : je me tiens droite, garde la tête haute et chougnerai plus tard. Ils ne me laissent pas le choix.

Une question revient très régulièrement chez les uns et chez les autres à la fin d'une conversation à ton sujet : « Oui, mais il est heureux ? » Je réponds d'abord par la négative, puis je reviens sur ma première réaction, trop tranchée, et ajoute que je n'en sais rien. En tout cas, je n'ai jamais dit : « Ah oui

oui ! Tout ce que je viens de te raconter n'a dans le fond pas beaucoup d'importance, puisqu'il est heureux. » Comment le saurais-je, si tu es heureux ? Et que mettez-vous, vous qui me posez cette question, derrière l'idée du bonheur ? Quelles sont vos conditions ? Et connaissez-vous les miennes ? Et celles d'Antoine ? Chacun pose ses jalons autour du bonheur, plus ou moins modestes, plus ou moins inatteignables, plus ou moins fantasmés. Ce que je crois, c'est que tu ne t'es jamais posé la question dans ces termes-là, le bonheur est pour toi hors sujet. Tu es conscient de ton handicap, de ta différence, de ton retard mental, tu as vu ceux qui t'accompagnent depuis toujours, ta sœur, tes demi-sœurs, tes cousines, les enfants de nos amis, grandir normalement et te dépasser un jour ou l'autre, inévitablement. Tu es seul, tu n'invites jamais personne à la maison. La vie en société et certains des codes qui la régissent restent pour toi difficiles à comprendre. Tu n'es pas allé à l'école comme les autres, tu n'es pas allé au collège comme les autres, tu n'es pas allé au lycée comme les autres, tu ne vas pas en fac comme les autres. Tu es passé d'institut en institut et tu es aujourd'hui en hôpital de jour. Comment pourrais-je affirmer que tu es heureux ? La plupart du temps, ma réponse surprend, dérange, et même mécontente ceux qui, je le devine, me rangent une bonne fois pour toutes dans la catégorie des peine-à-jouir. Mais il m'est impossible de conclure une discussion te concernant sur une note qui ne serait qu'optimiste, sur un « Tout est bien qui finit bien ».

Porté disparu

Tu as onze ans. Ton père et moi avons rendez-vous avec un psychanalyste et pédopsychiatre de l'hôpital Necker. Il est réputé, son nom ne nous est pas inconnu et je m'attends à rencontrer un homme d'un certain âge. Il n'en est rien, il doit avoir la trentaine et a l'air d'un gamin. Il consulte quelques minutes durant ton dossier médical avant de nous dire : « Bon, un diagnostic a été posé sur Antoine. » J'attends la réaction de ton père, immuable depuis que tu as été déclaré autiste : le déni. Elle ne tarde pas : « Non, justement, il n'y a jamais eu de diagnostic posé sur lui. » Silence. Le professeur fouille à nouveau dans ses feuilles et rétorque : « Monsieur, si le professeur C., que je connais bien, en qui j'ai toute confiance et avec lequel je suis en contact régulièrement, a diagnostiqué chez votre fils des signes autistiques, c'est qu'il y a des signes autistiques. Vous savez, des pères comme vous, qui réfutent le diagnostic posé sur leur enfant, j'en vois beaucoup, mais il y a bien écrit "signes autistiques". À vous de l'accepter. » C'est la première fois qu'un médecin répond à ton père de manière aussi franche et abrupte et je me demande si cela aura, à plus ou moins longue échéance, une incidence sur le regard qu'il pose sur toi. À l'époque, je ne vis plus avec lui et ne suis plus à même de juger de l'impact qu'auront ces mots sur lui, ou pas.

Le déni d'une situation traumatisante ou inavouable dure parfois la vie entière, mais nos fantômes peuvent aussi, un jour ou l'autre, nous rattraper. Il nous est alors impossible de les garder cachés au fond du placard, nous leur avons ouvert la porte, souvent bien malgré nous, et ils ne sont pas près de se laisser à nouveau enfermer. Ils goûtent à leur liberté nouvelle pour nous assaillir et redoublent d'activité après tout ce temps perdu. Nous n'avons pas su déceler les signes annonciateurs et sommes submergés. Il suffit parfois pour nous faire basculer d'un détail ou d'un minuscule événement, d'un cauchemar ou d'une nuit d'insomnie qui nous laisse affaiblis. Le geste d'une femme qui nous rappelle quelque chose de lointain, de flou, une photo ou une lettre surgie entre nos mains et que l'on croyait effacée à tout jamais de notre mémoire, une voix qui nous trouble, un témoignage qui nous saisit de plein fouet, un proche qui réapparaît ou au contraire disparaît... Notre passé refait surface et vient bouleverser le présent. C'est douloureux, notre volonté se révolte, nous tentons l'indifférence, parions sur la fuite en avant, misons sur la colère, et donnerions cher pour revenir en arrière, mais il est trop tard et nous sommes contraints de faire avec cette nouvelle donne. C'est exactement, selon moi, ce qui arrive alors à ton père. Tu es l'élément déclencheur, ni plus ni moins.

J'ai posé une date sur ce jour-là, ma façon à moi de pouvoir dérouler le fil de notre histoire familiale, de poser des mots dessus et de lui donner du sens. C'est deux ans avant cette visite à l'hôpital Necker, un mois d'août durant des vacances à Biarritz. Tu as neuf ans. Tu te tiens assis, quelques mètres devant nous sur la plage, face à la mer, et te balances inlassablement d'avant en arrière. Ton père te regarde fixement. De cela, je me souviens parfaitement. Allongée à ses côtés, je l'observe, me demande à quoi il peut bien penser lorsqu'il te voit te comporter ainsi, lui qui refuse de te voir tel que tu es. Le soir même, nous allons dîner au restaurant et il a, pendant quelques secondes, les larmes aux yeux, sans raison apparente. « Rien, ça va passer… », me répond-il lorsque je m'en inquiète. Je suppose qu'il commence enfin à te regarder tel que tu es. C'est plutôt positif, il est temps, me dis-je comme une imbécile. Sans envisager une seule seconde que cette prise de conscience ne se limitera pas à toi, mais provoquera un raz-de-marée qui balayera notre famille sur son passage.

Nous revenons à Paris et reprenons le travail. Ton père rentre tard le soir, ce qui ne lui ressemble pas. Silencieux, lointain, il m'évite. Je pense même qu'il est tombé amoureux d'une autre. Un soir, j'exige des explications. Nous sommes assis l'un en face de l'autre autour de la table de la cuisine et j'assiste à l'effondrement de cet homme que j'ai toujours considéré comme quelqu'un d'extrêmement solide. Il pleure sans pouvoir s'arrêter. C'est fini, il ne peut plus se voiler la face, tu es malade, très malade. Il voit dorénavant tout en noir. Cette nuit-là, les rôles s'inversent : c'est moi qui fais preuve d'optimisme en tentant de le rassurer. Il n'est pas dit, essayé-je de le convaincre, que tu ne pourras jamais vivre seul, ne pas être un jour indépendant, nous n'en savons rien, tu peux progresser encore et encore, tu as la vie devant toi. Je n'aime pas ce retournement des rôles, je n'y suis pas préparée et ne crois qu'à moitié à mes arguments.

Lui non plus ne veut pas de cette vie-là, avec les enfants et moi. Il veut vivre. Vivre ! J'ai face à moi un homme devenu inaccessible. Je tente bien de comprendre quels sont les préceptes de cette nouvelle existence rêvée, mais c'est peine perdue, je n'arrive à rien.

Du jour au lendemain et durant plusieurs mois, il se détourne de toi, ne te regarde plus, ne te parle plus. Tu n'en dis rien, bien sûr. Je tente de combler cette absence incompréhensible avec des mots qui, je l'espère, t'apaisent : ton père t'aime toujours autant, mais il ne va pas très bien en ce moment. Bientôt, il jouera avec toi, comme avant. Tu n'y es pour rien, ce qui nous arrive n'est pas dirigé contre toi. Tu ne dois pas t'inquiéter, mais juste te montrer patient. Je ne te mens pas. Je doute que notre couple réchappe à cette crise, mais de là à penser qu'il pourrait un jour te délaisser…

Il a été un père formidable avec toi pendant neuf ans. Les quatre premières années, il a adopté la même attitude que les pédiatres : tu as un léger retard, tu iras bientôt mieux, il faut que j'arrête de m'angoisser. Puis lorsque le diagnostic a été posé, il l'a refusé, tout bonnement, et votre vie à tous les deux a repris comme si de rien n'était. Il a assuré bien plus de nuits blanches que moi, fait des miracles pour que tu manges, ne se lassait jamais de jouer avec toi et adorait t'emmener pour de longues promenades à travers les vignes ou les forêts. Il s'est toujours montré d'une patience sans borne.

C'est en l'observant que j'ai réalisé à quel point nous ne voyons que ce que nous voulons voir et pouvons assumer. Si nous ne sommes pas prêts à affronter certaines situations, passées ou présentes, nous nous terrons dans le refus, quelles que soient les preuves affichées devant nos yeux, les paroles prononcées, les actions entreprises. Ton père s'est toujours rendu de bonne grâce aux rendez-vous à l'hôpital, chez le pédiatre ou chez ta psychiatre. A toujours pris part aux discussions évoquant tes difficultés sans renâcler. Mais il évacuait ces divers épisodes de son esprit le plus rapidement possible. Il n'a cessé de te soutenir et, lorsque je repense à ta petite enfance, je vous vois tous les deux enlacés dans le canapé du salon après une nuit blanche, toi perché sur ses épaules, lui jouant avec toi au foot dans les bois, courant derrière ton vélo à deux roues pour t'éviter de tomber, te protégeant de ses bras pour affronter les vagues. Vous avez composé un formidable duo. Il refusait ton handicap et c'était tant mieux. Il t'a fait un bien fou, à toi dont la sensibilité était exacerbée, qui percevais l'étonnement des autres et parfois même leur regard moqueur. Tu as vécu tes premières années auprès d'un homme qui t'insufflait sa force, son optimisme et te disait qu'il avait confiance en toi, dans les progrès que tu allais immanquablement accomplir. Ton père était ton dieu.

Je pensais naïvement qu'il continuerait toute sa vie ainsi, ce qui ne laissait pas de me surprendre, moi qui étais tout le contraire, trifouillant sans jamais me lasser dans mon passé à la recherche de secrets familiaux que l'on m'aurait cachés et de drames inexistants. Le déclic aurait pu ne jamais avoir lieu. Après tout, certaines personnes tiennent debout, solides comme des rocs, d'un optimisme inébranlable quelles que soient les épreuves endurées hier, aujourd'hui ou demain. Ils balayent le vent de la mélancolie qui vient souffler tout près d'eux d'un geste négligent de la main, d'un rire dissuasif, d'une phrase cassante qui exclut tout désir de s'épancher. Je ne peux m'empêcher de penser que leur refus de voir les choses en face, de se poser de temps en temps pour faire preuve d'introspection leur portera préjudice un jour ou l'autre, mais le temps me prouve le contraire. Ces exceptions me gênent, peut-être parce que je les envie, mais surtout parce que mon caractère me porte davantage vers les êtres chez qui je devine une certaine fragilité, des failles qu'ils ont su apprivoiser mais qui les mettent parfois à terre. Comme l'écrit Emmanuel

Carrère en rendant hommage à son ami Claude Miller[1], « j'aimais sa façon de s'en être tiré, sans trahir, sans se trahir. J'aimais que sa solidité, sa tranquillité – ou en tout cas celles qu'il communiquait aux autres – se soient construites sur des gouffres, et sans leur tourner le dos ».

Alors qu'il est en train de nous abandonner, je ne suis pas capable de soutenir ton père, si faible brusquement, de lui promettre le retour des jours heureux, de mettre sous cloche mes doutes sur l'amour qu'il me porte. Je n'essaie même pas. Je ne sais pas faire, ne veux pas me battre pour lui. Je n'ai pas de place pour quelqu'un d'autre, tes démons à toi me mènent la vie trop dure pour que j'aille batailler ailleurs. Je suis égoïste, lui mets à demi-mot ce marché entre les mains : « Dis-moi que tu m'aimes toujours et alors je serai là pour toi. » Ces mots attendus ne viennent pas. Il faut d'abord que cet homme à terre se relève, réapprenne à s'aimer, à faire avec lui autrement pour être capable de porter attention aux autres, d'aimer à nouveau. Je le comprendrai bien plus tard. Un zombie erre maintenant dans la maison, abattu, absent. Nous n'existons plus.

1. Emmanuel Carrère, *Il est avantageux d'avoir où aller*, P.O.L., 2016.

Je suis debout et sais mon équilibre précaire. Quelques semaines après cette terrible soirée qui nous met à terre, ton père et moi, ta sœur se plante un éclat de verre dans le pied alors que nous partons à l'école. Elle et moi fonçons aux urgences, situées juste à côté de la maison. Sur le chemin, je sens que je flanche. Ce banal incident, qu'ont connu tous les parents au moins une fois, pompe mes dernières forces. Je ne souhaite qu'une chose : me coucher et m'endormir des jours et des nuits entières, qui deviendraient des semaines puis des mois, « disparaître provisoirement sans pour autant mourir, une astuce pour échapper à l'épreuve de devoir toujours assumer son existence », comme le dit si bien David Le Breton[1]. Dans le sommeil, je m'oublierais. Ton père m'entraîne avec lui et malgré lui dans un trou noir. Il doit s'éloigner de nous. Ce matin-là, il y a péril en la demeure. La salle d'attente des urgences où nous nous trouvons, ta sœur et moi, se prête inconsciemment à mon coup de fil. J'appelle ton père pour lui demander de quitter la maison, sans prendre le temps de réfléchir, sans peser le pour et le contre. Le soir même, il n'est plus là. Je suis triste, mais soulagée. Il ne

1. David Le Breton, *Disparaître de soi : une tentation contemporaine*, Métailié, 2015.

donne pas signe de vie pendant un mois. Ta sœur, toi et moi, chacun de notre côté, vivons ce silence auquel nous ne nous attendions nullement dans un véritable état de stupeur. Un an plus tard, ton père et moi nous séparons.

Les choses ne seront plus jamais les mêmes entre vous deux. Ton père que tu aimais, admirais plus que n'importe qui au monde, qui t'était dévoué corps et âme depuis le premier jour de ta vie, installe une distance, économe du temps qu'il te consacre, dépourvu d'initiatives. Sa façon à lui, je suppose, de se protéger. Sa volte-face est l'une des choses les plus infiniment malheureuses, incompréhensibles et violentes qu'il m'ait été donné de vivre.

Ta grand-mère maternelle fait elle aussi preuve d'un optimisme à tous crins. Mais, contrairement à ton père, elle est toujours restée la même avec toi, aujourd'hui comme il y a vingt et un ans. D'ailleurs, tu l'adores et me menaces parfois, lorsque tu es en pétard, d'aller vivre chez elle. J'ai rarement eu l'occasion de m'épancher auprès d'elle lorsque je m'inquiétais pour toi, assez fréquemment il est vrai, puisque sa réponse était immuable depuis ta naissance : « Ah bon, tu trouves ? Je l'ai vu hier et je l'ai trouvé bien. » Cette phrase me mettait hors de moi. Ma mère ne me disait qu'une chose :

« Chacun son point de vue, je l'aime comme il est. » J'avais beau lui parler de ton étrange attitude, du retard que je constatais chez toi lorsque je te comparais avec d'autres enfants, de ma fatigue, de mon angoisse et de mes interrogations, de mes rendez-vous chez les pédiatres, chez ta psychiatre, argumentant avec force détails, en rajoutant même pour qu'elle prenne conscience de l'ampleur du problème, rien n'y faisait, elle te trouvait en forme. Parfait, tu es parfait. Et de fait, tu vois ta grand-mère comme une femme forte, qui n'a jamais douté de toi – ou en tout cas ne te l'a jamais montré. Tu sais que tu peux toujours compter sur elle. Moi aussi. Au vu de son attitude, il n'est guère étonnant qu'elle ne se soit jamais beaucoup intéressée à l'autisme. Aujourd'hui, de nombreux livres – essais, témoignages –, de nombreuses émissions de télé, de radio, de nombreux blogs témoignent de ce handicap. J'ai tenté pendant des années d'aborder la question avec elle, oui, elle a vu, entendu, mais elle doit faire la cuisine, travailler… et n'a pas suffisamment de temps pour prêter attention au sujet.

Les membres de notre famille proche n'ont jamais remis en cause ton autisme, mais, excepté de temps en temps Franck, ton oncle kinésithérapeute, ils ne se sont jamais beaucoup intéressés au spectre autistique. Ils t'aiment, je n'en doute pas, mais ce qu'est ton handicap, ce qu'il représente exactement ou à peu près, l'histoire de la maladie, les progrès actuels en génétique, les plans gouvernementaux, les méthodes comportementales, le débat sur la psychanalyse et l'autisme, ce qu'est la triade autistique[1], que sais-je encore, sont des sujets dont il est difficile de discuter avec eux. Mon petit public familial m'écoute attentivement lorsque j'évoque l'un d'eux, mais je parle un peu dans le vide. C'est d'autant plus étonnant qu'il s'agit de gens intelligents, cultivés et curieux. Leur indifférence me blesse, parfois, mais il faut dire que je suis sujette, pour tout ce qui te concerne, à une susceptibilité et une sensibilité exacerbées.

Coupable

Je continue de me demander s'il s'est passé quelque chose de particulier lorsque j'étais enceinte de toi. Mon amie Katja me confie qu'elle me

1. Trois caractéristiques majeures définissent l'autisme : une difficulté à la socialisation, une difficulté à la communication et des activités répétitives entraînant des gestes stéréotypés.

trouvait très angoissée à cette époque. « Tu n'étais pas sereine », se souvient-elle. Elle a entièrement raison. Mais sereine, je ne l'ai jamais été. Je ne savais pas quoi faire de ce ventre imposant, je me sentais empêtrée, me trouvais moche. J'avais peur de souffrir en accouchant, de ne pas arriver à perdre mes kilos après. Et aussi : peur de ne plus jamais être la même une fois que tu serais là, peur de ne plus pouvoir sortir, peur de ne plus avoir de vie amoureuse, peur de te laisser tomber par mégarde, peur que tu ne sois pas le plus beau de la terre, peur que tu naisses avec un bras en moins, un pouce en trop, peur de t'oublier quelque part, peur de ne jamais réussir à te mettre une couche, peur que tu sois aussi nul que moi en maths, peur du matin où tu aurais de la barbe, où ta voix muerait, peur du jour où tu me dirais « T'es vraiment chiante », peur que tu sois malheureux en amour, peur que tu meures jeune d'une overdose ou dans un accident de voiture, peur que tu n'aimes pas lire, peur que mes peurs t'envahissent. Je suis ainsi, je passe ma vie à me préparer au pire, je m'épuise, j'épuise les autres, mais j'y trouve un immense avantage : je ne suis jamais trop déçue par ce que la vie me réserve. En réalité, cette méthode n'a jamais démontré son efficacité. Tu en es la preuve vivante.

Je me moque ici un peu de mes névroses, je les exagère, mais décidément non, je ne crois pas que toutes les mères inquiètes donnent naissance à des enfants atteints de signes autistiques. Mon anxiété innée n'a rien arrangé, mais je ne suis pas prête à endosser davantage. Tu as été un enfant désiré et nous étions très heureux, impatients de ta venue au monde. Ou alors, serait-ce un traumatisme enfoui au plus profond de moi et que je ne parviens pas à débusquer ? « Comment aurait-elle pu engendrer un être comme les autres avec toutes ces blessures à l'intérieur ? Cette invisible débâcle, elle la lui avait transmise, cadeau empoisonné », écrit ainsi Julia Kristeva[1]. Mais alors, pourquoi moi plus qu'une autre ? Que transmet-on malgré soi ?

De quel côté chercher, encore et encore ? Peut-être n'avais-tu presque rien lorsque tu es né, une minuscule fragilité, et que nous avons tout aggravé, tout gâché, en te laissant parfois pleurer seul dans ton lit, dans l'espoir que tu finirais par t'endormir. Ce qui est certain, c'est que ce procédé n'a jamais provoqué le moindre miracle et supposer que tout pourrait provenir de là me paraît tout aussi difficile à croire. Nous ne l'avons pas éprouvé plus que d'autres parents de ma connaissance,

1. Julia Kristeva, *Possessions*, Fayard, 1996.

car nous ne résistions pas longtemps avant de te prendre dans nos bras et voulions à tout prix éviter que nos voisins ne viennent se plaindre de tes pleurs quotidiens. Ou bien ai-je tout aggravé en te laissant seul dans notre appartement tous les jours une dizaine de minutes, quand tu n'étais encore qu'un nourrisson, le temps d'aller boire un café au coin de la rue et fumer une cigarette ? Debout au comptoir, j'emmagasinais ces bruits qui me manquaient tant, la machine à café qui s'active, les verres qui s'entrechoquent, les bribes de conversation attrapées à droite à gauche, les sons électroniques du flipper, les pièces de monnaie posées sur le comptoir, la vaisselle enfournée dans le lave-vaisselle. C'était ma récréation de la journée, je revenais à la vie. Ma tasse de café à la main, je me regardais dans le miroir qui me faisait face. J'avais l'air d'un fantôme. Moi qui redoutais de ne pas perdre mes kilos après ma grossesse, je pouvais être rassurée, je n'en pesais plus que quarante-neuf. Je peux sonder d'autres pistes. Si je t'avais donné le sein, les choses auraient-elles été différentes ? Après tout, ne dit-on pas que l'allaitement maternel renforce notamment les défenses immunitaires, diminue les risques d'allergie et satisfait le besoin de succion des bébés ?

Ces hypothèses distillent le poison de la culpabilité et sont un fardeau que je porte à vie, léger et qui parvient même à se faire oublier lorsque je vais bien, pesant lorsque j'ai d'autres soucis. Je me laisse alors envahir par toi et il m'est si facile de sombrer et de me voiler la face en m'abritant derrière mon statut de mère malchanceuse afin de ne pas affronter mes problèmes. Mais je finis toujours par me raisonner : non, mes manquements et faux pas divers et variés ne sont pas la cause de ton handicap. Les récentes découvertes scientifiques sont là pour me le confirmer, puisqu'il est désormais établi que la génétique est un facteur déterminant dans l'apparition de l'autisme. Je t'ai porté, dès le premier jour de ta conception, tel que tu serais. Je l'ai toujours su. C'est ce que je crois, au plus profond de moi. N'empêche, la culpabilité fait désormais partie de moi et les découvertes scientifiques ne l'amoindrissent pas, bien au contraire. Mes amis tentent quelquefois de me persuader que je ne suis pas responsable, la loterie de la vie, tu n'y es pour rien, c'est ainsi, tu dis n'importe quoi, cela aurait pu tomber sur nous… mais je n'ai jamais aimé les lots de consolation, ils ne me consolent pas. Les psys ne m'ont été d'aucun secours. J'ai toujours balayé rapidement ce vaste sujet lorsqu'ils tentaient de l'aborder. Passons à autre chose, c'est peine perdue. C'est moi qui t'ai désiré, porté, donné la vie, tes premiers baisers et je suis en partie responsable. Ma responsabilité est-elle considérable, moindre, je ne le sais. Si je devais répondre devant un tribunal, je ne pourrais en aucun cas être acquittée. J'ai endossé ma culpabilité le plus naturellement du monde, sans jamais chercher à m'en débarrasser vraiment. Elle est le prix que j'ai décidé de payer jusqu'à mes derniers jours.

Mauvaise mère

Tu as deux mois et demi lorsque je reprends mon travail à *Studio Magazine*. Je ne prolonge pas mon congé maternité. J'en ai la possibilité, je le devrais, mais je ne l'envisage même pas. Il est pourtant évident, ça saute aux yeux, que tu as besoin de moi. Tu n'es pas prêt à être confié à quelqu'un d'autre. Personne, excepté tes parents, n'a la patience de s'occuper de toi à plein-temps. Tu vomis tous tes biberons, tu es bardé de médicaments avant, pendant et après tes repas, tu ne dors pas, pleures sans cesse et physiquement, on te donne déjà la moitié de ton âge. Mais mon bureau est mon refuge, mon abri pour continuer de respirer et ne pas déprimer. Je t'échappe, je m'échappe dès que je m'engouffre dans le métro et pousse la porte du journal, heureuse de retrouver mes collègues, mes amis. Je travaille toujours beaucoup mais ne peux plus me permettre de terminer, comme avant ta naissance, à des horaires que nombre de gens autour de moi trouvaient indécents mais qui m'ont, de fait, rarement pesé. Bien sûr, je pestais, comme tous mes collègues, contre notre désorganisation qui nous empêchait de prévoir soirées et week-ends. Nous nous promettions à chaque fin de bouclage de changer nos méthodes de travail, nous serions dorénavant plus rigoureux, nous allions prendre de l'avance, ne changerions plus le sommaire la veille du bouclage. Et puis, marre des pizzas et des sandwichs avalés sur un coin de bureau, des rédacteurs qui ne respectaient pas les dates de remise de texte. Mais rien à faire, nous étions indécrottables et, dans le fond, nous aimions travailler ainsi. C'était une joyeuse pagaille, une ambiance que je n'ai plus retrouvée au sein d'aucune rédaction et qui continue, c'est insensé mais je n'y peux rien, de me manquer.

J'ai du mal avec cette nouvelle vie de mère où je suis obligée de me surveiller et de regarder ma montre pour ne pas rentrer trop tard à la maison. Je ne me sens plus libre, je n'aime pas ça et jamais je ne m'y habituerai. En outre, la majorité de mon temps libre est dorénavant consacrée à voir des médecins avec toi.

Les deux premières nounous auxquelles je te confie sont de véritables catastrophes : la première, Yolande, que j'appelle matin et soir, me dit systématiquement que tout va bien. Et tous les soirs, je retrouve tous tes vêtements dans le panier à linge imbibés de vomi. Si je lui téléphone, lui expliqué-je gentiment des dizaines et des dizaines de fois, c'est pour qu'elle me rende compte de ce qui se passe vraiment. Et, accessoirement, pourrait-elle faire attention à ne pas mettre tes vêtements souillés avec le reste du linge ? « Oui, oui », me répond-elle, imperturbable. Mais jamais elle ne changera d'attitude et jamais je n'aurai une bonne surprise en ouvrant le panier à linge. Pourtant, tu es malade tous les jours. Six mois après son arrivée, je rentre un jour à l'improviste à l'heure du déjeuner et j'aperçois une jeune femme qui part se réfugier dans notre minuscule cuisine. Je la suis, la salue, elle attrape son sac et s'éclipse, gênée. « C'est une amie, me dit Yolande. — Je n'ai rien contre les visites, mais la moindre des choses est de prévenir ! — Oui, oui », me répond-elle, mais cette fois, c'est moi qui lui dis « Non, non » définitivement. Celle qui prend le relais nous laisse tomber du jour au lendemain au bout de trois mois, sans même prévenir. À leur décharge, s'occuper de toi à l'époque était épuisant et c'est une infirmière que nous aurions dû engager. Encore eût-il fallu savoir que tu étais handicapé. Tu n'étais encore pour nous, tes parents, et ceci jusqu'à tes quatre ans et demi, lorsqu'un diagnostic serait posé, qu'un enfant difficile, fragile et colérique. Enfin, nous accueillons Sheila, une merveilleuse jeune fille. Mature, responsable, elle aime jouer avec toi, est d'une patience infinie et je peux lui faire entièrement confiance. Et puis, elle est souriante, Sheila. Elle ne fait pas la gueule le matin lorsqu'elle arrive et ça fait du bien. Elle est contente d'avoir trouvé un job à plein-temps, dans une famille qui la respecte, qui fait son possible pour lui adoucir la vie et l'aidera à obtenir ses papiers en France. Elle s'occupera de toi pendant deux ans, jusqu'à notre départ à Lyon, où ton père a trouvé du travail et où nous resterons deux ans avant de revenir à Paris. J'ai envie d'aller voir ailleurs et, surtout, de vivre dans un appartement plus grand, ce qui est au-dessus de nos moyens dans la capitale. Enfin, nous n'allons plus être obligés de marcher sur la pointe des pieds et de parler à voix basse. Partir n'est qu'une fuite en avant.

Une fois installée à Lyon, je ne suis pas pressée de travailler à nouveau. Je vais pour la première fois toucher des indemnités chômage, j'ai un peu de temps devant moi. Mon programme est on ne peut plus simple : souffler et m'habituer à ma nouvelle vie. En fait, je tiens deux semaines, le temps de défaire les cartons et, déjà, je balance des CV à tous les médias de la région Rhône-Alpes. Deux mois plus tard, je décroche un travail à plein-temps. Ce que je n'avais pas prévu, c'est à quel point il serait difficile de trouver quelqu'un pour te garder. Une seule personne répond à notre annonce, Liliane, assistante maternelle agréée, pas loin de la soixantaine, mais qui semble en avoir dix de plus. Elle m'impose un emploi du temps assez strict, ne pouvant pas venir travailler le jeudi matin, le lundi après-midi... je prends tout, je dis oui à tout, je me débrouille comme je peux, je n'ai pas le choix. Elle est plutôt triste, Liliane, elle n'a pas eu la vie facile, plus de mari, fâchée avec sa fille, mais elle s'occupe bien de ta sœur et toi. Elle vient te chercher après l'école, où tu effectues ta première année de maternelle dans une école publique, t'emmène au parc, où elle te prend régulièrement en photo. Elle me raconte avec force détails vos journées et a l'air de se sentir bien avec nous. Dix-huit mois plus tard, nous faisons appel à une entreprise de nettoyage de vitres à domicile – celles de notre appartement sont très hautes et fort nombreuses. Je te fais couler un bain avant de partir et c'est Liliane qui reçoit le jeune homme de l'entreprise alors que je suis déjà partie au bureau. Il me téléphone deux jours plus tard, sa voix est hésitante, timide, il bute sur les mots, me confie qu'il a beaucoup tergiversé avant de m'appeler. Ce n'est pas dans ses habitudes de se mêler de la vie de ses clients, mais il lui était impossible de garder cela pour lui, la façon dont Liliane t'avait traité ce matin-là, te menaçant de te mettre la tête sous l'eau dans ton bain si tu n'obéissais pas, puis te balançant une claque sur la joue. Je le remercie, lui dis qu'il a bien fait de me prévenir. Je raccroche, avec la sensation d'être passée sous un rouleau compresseur. Quelques semaines auparavant, nous avions discuté, Liliane et moi, d'une émission consacrée aux nounous défaillantes : des caméras avaient été dissimulées dans les appartements de diverses familles américaines et ce que l'on y voyait faisait peine. Des nounous clouées devant la télévision et laissant les enfants se débrouiller seuls, d'autres ayant la main fort leste, d'autres, encore, mangeant une bonne partie des repas destinés aux petits. Nous sommes toutes deux atterrées, comment cela est-il possible ? Quelle horreur ! Ce qui m'avait le plus stupéfiée dans ce reportage était la réaction des enfants qui, victimes de mauvais traitements, ouvraient grand leurs bras pour accueillir leur nounou tous les matins. Ils ne leur tournaient pas le dos, ne pleuraient pas ou, pour ceux en âge de s'exprimer, ne disaient mot à leurs parents de ce qu'ils subissaient. C'était pour eux, semble-t-il, dans l'ordre des choses. Nounou méchante la journée, papa-maman gentils le soir. Les journalistes n'étaient pas allés chercher des enfants hors du commun : face à l'injustice ou la maltraitance, tous réagissent plus ou moins ainsi et ce n'est souvent qu'une fois devenus des adolescents ou des adultes qu'ils prennent conscience que ce qu'ils ont autrefois vécu leur a porté préjudice, ne s'inscrit pas dans l'ordre des choses et que leur situation a été exceptionnelle.

Le soir même, de retour à la maison, je ne dis rien à Liliane. Ni toi ni ta sœur ne semblez différents des autres jours. Vous êtes contents de me retrouver et embrassez Liliane avec affection lorsqu'elle s'en va. Je me sens piégée : je la renvoie sur-le-champ et j'arrête de travailler ? C'est inenvisageable. Cela m'arrange bien d'être dans l'impossibilité de me passer d'elle et de me croire indispensable au bureau, j'évite ainsi une confrontation. Je reprends le travail dès le lendemain matin, mais rentre à l'improviste à l'heure du déjeuner. Liliane est en train de passer l'aspirateur et ne m'entend pas ouvrir la porte de l'appartement. Son visage ne ressemble pas à celui que je connais. Ses lèvres sont crispées, elle serre les dents, a l'air totalement ailleurs et j'ai tout le temps de l'observer. Ta petite sœur, qui a alors deux ans, est assise dans l'entrée, seule, le visage chiffonné. « Liliane m'a mis une fessée », me répond-elle lorsque je lui demande ce qu'elle a. Enfin, elle me voit. Elle arrête l'aspirateur et son visage, en un quart de seconde, se métamorphose, pour redevenir celui qui m'est familier. Jamais auparavant, ni depuis, je n'ai vu les traits d'un visage se transformer ainsi et de manière aussi fulgurante. « Bonjour, Liliane, c'est vrai que vous venez de mettre une fessée à Lou ? — Une fessée ? Mais jamais je ne mettrais une fessée à un enfant ! Comment vous pouvez croire une chose pareille ? Lou a fait une petite bêtise, je l'ai grondée, mais c'est tout. » Elle est triste, Liliane, peut-être même un peu blessée que j'aie pu la croire capable, elle, de lever la main sur mes enfants. Je comprends ce jour-là, mais il est bien tard, qu'elle est dépressive, prend des médicaments et que ses changements d'humeur sont incessants. Avec vous deux, elle peut se montrer dans la même heure attentionnée et gentille, puis inquiétante et menaçante. Je l'avoue : je retourne travailler le lendemain, puis le surlendemain, ne change rien à mes habitudes ni aux vôtres. Nous devons repartir dans deux mois pour Paris, il est impossible de trouver quelqu'un pour le peu de temps qu'il nous reste. Une excuse minable et paresseuse de ma part pour ne pas affronter cette femme. C'est probablement la chose dont j'ai le plus honte : ne pas avoir su vous protéger, ta sœur et toi, ne pas l'avoir éloignée de vous dès que j'ai su comment elle se comportait. C'est un sujet dont je parle bien entendu avec ta psychiatre, que tu vois à l'époque deux fois par semaine. Elle te demande si quelqu'un a le droit de te frapper. Tu réponds le plus naturellement du monde : « Oui, Liliane. » Les années suivantes, elle nous a envoyé quelques cartes postales. Je ne lui ai jamais répondu.

Je t'aime bien

Je me souviens de la première fois où tu m'as dit : « Je t'aime bien. » Tu avais dix-sept ans. Au moment où tu as prononcé ces mots, je me suis aperçue que jamais je n'avais envisagé qu'un jour tu puisses me dire « Je t'aime », mais « Je t'aime bien », non, je ne m'y attendais pas davantage.

Passé l'étonnement, je me suis demandé si je devais me réjouir ou m'attrister. Le « bien » atténue l'amour que l'on porte à l'autre, il pose ses limites, place une frontière, édulcore la déclaration. J'étais consciente que pour toi, c'était un pas immense, mais que signifiait-il exactement ? Dans ton monde, cela voulait peut-être dire « Je t'aime plus que n'importe qui, grand comme l'univers, l'éternité, le ciel, à tout jamais », ou cela ne signifiait rien de plus, rien de moins que les mots que tu venais de prononcer. Ou tout autre chose encore, qui n'appartient qu'à toi. Il m'est impossible de le savoir. Alors le mieux que je pouvais faire était de te sourire et de te répondre : « Moi, je t'aime. »

Phrases assassines

« Antoine me fait mal au cœur, vous savez », me glisse ton institutrice de maternelle. Non, je ne le savais pas et sa remarque me laisse sans voix. J'ai l'impression d'avoir reçu un coup au ventre d'une violence prodigieuse, qui me coupe le souffle. Ai-je bien entendu ? Il n'y a pas de méchanceté dans sa remarque, c'est une femme plutôt gentille qui se préoccupe de ton sort, mais ne semble pas avoir conscience de la portée de ses mots et surtout, de la personne à qui elle les adresse, en l'occurrence la mère de l'enfant qui lui fait pitié. Quel manque de psychologie. En retour, je garde le silence et non seulement j'affiche un sourire niais et compatissant, mais je me retiens pour ne pas la consoler. Car je me connais, je suis longue à la détente lorsque l'on m'attaque ou que j'entends des absurdités exprimées avec le plus grand naturel. Je me noie dans la surprise, me débats dans la consternation, le doute – « Ai-je bien entendu ? J'ai dû me tromper ».

J'ai, moi, le cœur à la renverse à chaque fois que je pénètre dans ta classe et t'observe, seul, assis ou debout au fond de la salle, tes doigts enfoncés dans ta bouche, le regard dans le vide, ne sachant que faire de toi et comment négocier avec cette vie-là. Les enfants avec lesquels tu passes tes journées apprennent à dessiner, à chanter, à reconnaître les couleurs et les formes, découvrent les règles de la vie en groupe. Toi, tu sembles inatteignable, tout cela t'est totalement étranger, incompréhensible, et chaque heure passée dans cette classe de maternelle a dû être un supplice. Tu ne te plains jamais, ne pleures pas à l'idée d'y aller. Si j'avais alors su que tu étais atteint de signes autistiques, je ne t'aurais pas envoyé à l'école comme n'importe quel enfant.

Comment et pourquoi empiler ces Lego, que faire de ces crayons et de cette feuille, pourquoi chanter, réciter des poèmes, comment regarder les images des livres, qu'y voit-on ? Dans le couloir devant ta classe, la maîtresse affiche vos dessins. Je reconnais sans peine les tiens : des gribouillis dépourvus de couleur, pas âme qui vive, un soleil aux abonnés absents. Tes dessins montrent tout simplement ta détresse, ils ne disent qu'une chose : « Je n'y arrive pas, je ne comprends pas ce que vous me demandez. » Tes noir et blanc vomissent ton incompréhension du monde. Je les aime pourtant plus que tout, parce que ce sont les tiens et qu'ils sont la preuve criante de ton mal-être. Tu as pris conscience tout petit que tu étais différent des autres. Et puis, je ne sais pas te mentir ou faire semblant. J'ai mal et toi, tu as honte de ce que tu ne peux accomplir. Tu lis à chaque fois sur mon visage, avant n'importe qui, ma peine, mes inquiétudes, et alors, tu poses tes mains sur mes yeux, tires mes paupières vers le bas pour voir mes larmes que tu sais prêtes à couler. Je devrais te dire que ton dessin est joli, t'encourager. Ton père le fait très bien, ta grand-mère également. Moi pas. « C'est ravissant », ai-je pourtant appris à dire avec les années, lorsque tu rapportes à la maison des cadeaux réalisés en classe, à l'occasion de la fête des Mères ou pour

Noël. Tu ne me les offres jamais, mais les gardes cachés dans le fond de ton cartable où je suis obligée d'aller les récupérer. Des dessins alors tout froissés ou des sculptures en plâtre à moitié cassées. Tu préférerais que je ne les trouve pas, car tu ne crois plus à mes compliments, c'est trop tard, tu n'es pas dupe et tu sais bien que c'est la maîtresse qui les a confectionnés pour toi et qu'il n'y a pas de quoi rouler des mécaniques. Dans ces moments-là, tu me touches tellement. J'aimerais que tu fasses abstraction du regard des autres posé sur toi, que tu te défasses de tes chaînes et arrêtes de porter mon angoisse et mon affolement.

« Moi, si j'avais eu un enfant comme Antoine, je l'aurais placé dans un institut. Tu es très courageuse », me dit-on aussi. Celle qui me fait cette réflexion, alors que tu as environ quatre ans, nous connaît bien tous les deux. Elle nous voit durant les vacances et c'est comme si elle faisait partie de notre famille. Es-tu si terrible ? Si invivable ? Si inintéressant ? Ou inspires-tu la pitié ? Quelle image, bordel, donnes-tu à voir pour qu'elle me balance une réflexion pareille ? Et quelle image je donne, moi, pour qu'elle ose me tenir ces propos ? Celle d'une femme dont la faiblesse de caractère laisse deviner qu'elle n'osera protester ou, au contraire, dont la force de caractère présuppose qu'elle est prête à tout encaisser ?

Quoi qu'il en soit, me décharger de toi ne m'effleure jamais l'esprit. À quoi ressemblerait ta vie ? Et la mienne ? Tu serais placé dans un institut et je te rendrais visite le samedi ou le dimanche ? Nous nous promènerions dans le parc, ou dans la ville la plus proche, t'emmènerions au cinéma, au restaurant ? Une journée bien remplie, car il s'agirait de rattraper le temps perdu, de te rendre heureux ce jour-là et, pour ce qui me concerne, de me débarrasser d'un peu de la culpabilité qui me ronge. Ce n'est pas rien, comme programme. Puis il serait l'heure de rentrer. Je t'accompagnerais jusqu'à ton établissement, tenterais d'assouvir mon besoin de câlins et de baisers, avant que la porte ne se referme sur toi. Nous attendrions tout de même les vacances avec impatience, histoire de profiter pleinement de toi. Non, décidément, quelle épouvantable solution ! Je mourrais de honte et ne pourrais jamais me persuader que j'ai trouvé là la meilleure solution pour nous tous. Tu deviendrais peu à peu un étranger aux réactions inintelligibles. Je n'ai pas toujours bien agi avec toi, je t'ai même parfois, ou peut-être souvent, fait plus de mal que de bien, mais je fais tout mon possible. Je suis là, jamais bien loin. Oui, je peux me dire cela et penser, sans le moindre doute, que le chemin que tu as parcouru à mes côtés, maintenant que tu as vingt et un ans, est formidable. Il t'a coûté et te coûte toujours, à moi aussi, mais cela en vaut la peine. Toi qui parlais si peu, qui refusais de manger, qui te balançais d'avant en arrière, qui te cognais le front par terre lorsque tu étais en colère, qui projetais tes jouets contre les murs de ta chambre et qui te fracassais la tête sur les vitres des fenêtres. Tout cela est derrière nous.

Je ne crois pas avoir fait preuve d'un incroyable courage. Ce compliment m'a pourtant été adressé à de nombreuses reprises. J'ai fait ce qu'il me semblait normal de faire et suis convaincue que la majorité des femmes qui ont eu la chance de donner la vie à des enfants bien portants auraient agi de même, si tel n'avait pas été le cas. Avais-je le choix ? Non. Et puis, tu n'étais pas un enfant qu'il fallait surveiller vingt-quatre heures sur vingt-quatre, qui ne communiquait que par borborygmes, hurlait sans cesse, auquel il fallait attacher les mains afin d'éviter qu'il ne se mutile, ou sujet à des crises d'épilepsie. Les mères de ces enfants-là, bien plus malchanceuses que moi, sont happées par le handicap extrêmement lourd de leur enfant, dans l'impossibilité de poursuivre une vie professionnelle, et leur vie privée, dans la grande majorité des cas, a explosé en vol. Il n'y a pas de place non plus pour les frères et sœurs. Et si elles décident un jour de confier leur enfant à un institut, c'est parce que leur quotidien est devenu invivable, que notre société ne les assiste pas et qu'elles ne savent décidément plus comment lui venir en aide. Ces femmes-là, oui, font mon admiration.

Je n'ai pas appris avec le temps à me défendre contre les jugements imbéciles et remarques à l'emporte-pièce. Je mets du temps à réagir et suis probablement un peu lâche. Si je réponds, et cela m'est arrivé, on découvre à quel point je suis susceptible à ton sujet et intraitable lorsque certains prononcent de grosses âneries à propos de l'autisme. Une fois en colère, je deviens dure, ma violence déborde, mes phrases sont assassines, catégoriques, ma voix tremble, j'ai envie de pleurer. Puis, après avoir craché mon venin, je boude. Longtemps. C'est affreux, je me suis donnée en spectacle et la peur d'avoir été ridicule me tenaille.

Peau de vache

Nous estimons, alors que tu as sept ans, que tu es capable de suivre, au sein d'une classe à petits effectifs, et une école privée du XIVe arrondissement t'accepte. Ton père et moi sommes heureux et pleins d'espoir, c'est si joli ici, ça ressemble à un rêve d'enfant comme le chante Julien Clerc, on se croirait au pays des Bisounours. La directrice semble plutôt optimiste, elle a accueilli deux ans auparavant dans son établissement un enfant autiste avec qui cela s'est bien passé. Je ne cherche pas à savoir ce qu'elle met derrière les mots « bien passé », si tu vas avoir la même maîtresse, comment était cet enfant, quel genre d'autiste, et pourquoi il n'est resté qu'une année. Il n'y a rien à faire : j'ai toujours peur d'embêter, de trop en demander, de considérer que ceux qui t'accueillent font preuve d'une extrême générosité, même lorsque cette générosité coûte très cher. Mais voilà : l'institutrice n'est en réalité absolument pas préparée à prendre en charge un enfant différent. La directrice ne lui a-t-elle pas laissé le choix ? Au vu de son attitude, j'ai tendance à penser que non.

Tout en rondeurs, souriante, coquette, elle m'inspire pourtant une grande confiance lors de notre première rencontre. À tort : elle t'ignore dix mois durant. Comme tu ne fais pas de bruit, planqué dans ton coin et les yeux dans le vague, tu ne dois pas la gêner plus que ça. Mince alors, elle choisit d'enseigner dans une école différente, pour une dizaine d'enfants seulement, et on lui colle un autiste ! Probablement essaie-t-elle de te faire participer les quinze premiers jours, peut-être même le premier mois, avant de se dire que c'est peine perdue et qu'il n'y a rien à tirer de toi. Elle m'évite autant que possible. Tu es le seul qui n'a pas droit à une petite fête pour son anniversaire. Oups, elle a oublié la date. « Une vraie peau de vache », cingle ta grand-mère, et je ne le dirais pas mieux. Il m'arrive de temps à autre de la croiser dans la rue et j'éprouve encore de la colère à son encontre.

Largués dans la nature, voilà ce que nous sommes, ton père et moi, après l'échec de ton insertion dans cette école. Aucun professionnel ne nous aide à te trouver un nouvel établissement. La faute nous en incombe : te faire suivre par une psychiatre exerçant dans le privé – ta scolarité n'est pas son problème – nous ferme les portes du public. En tout cas, nous n'avons pas le mode d'emploi. Je ne sais plus qui me conseille l'institut R., dans le XVe arrondissement. J'appelle, prends rendez-vous et tu es accepté sans aucune difficulté dans cet établissement qui accueille tous les enfants handicapés présentant des difficultés du langage oral et écrit, des troubles psychologiques ou des problèmes de psychomotricité, à condition, m'informe-t-on lors de mon premier coup de téléphone, qu'ils ne soient pas violents. Et que nous puissions payer une somme non négligeable tous les mois.

D'entrée de jeu, je déteste cette école, qui m'évoque une salle d'attente pour enfants paumés dont les parents ne savent que faire. On vient ici faute d'autre chose. Je me demande ce que tu fiches là, tu vaux bien mieux. Je ne sais comment tu vis cette période, car il est à l'époque très difficile de deviner tes sentiments. Tu es dans l'impossibilité de les exprimer à l'égard de qui ou de quoi que ce soit. « C'est ainsi », as-tu l'air de penser, acceptant les égarements de tes parents avec fatalité. On te force à quitter ta forteresse pour des lieux qui te sont étrangers et tu ne comprends pas ce que l'on te veut, ce que l'on attend de toi, alors ici ou ailleurs… À mon grand étonnement, tu demandes plusieurs fois à y retourner après en être parti. Il est vrai que ta maîtresse est d'une vraie gentillesse et ne cesse de t'encourager. Tes cahiers de classe sont pleins de « Très bien », de « Bravo ! ». Je les feuillette d'un air dubitatif, convaincue que ce n'est pas en te surnotant et avec des « exercices pour bébés » que tu peux progresser. Je ne lui fais heureusement jamais part de mes doutes, car c'est elle qui a raison : avoir envie de grandir et s'ouvrir au monde ne peut se faire sans un minimum de cette confiance en soi dont tu es encore dépourvu.

Croyances

Adolescente, j'éprouvais une grande admiration pour la psychanalyste Françoise Dolto. Elle était parfaite dans le rôle de l'enquêteur et je lisais ses ouvrages avec le même plaisir que celui que l'on peut ressentir à la lecture de romans policiers. Elle dressait un véritable portrait psychologique des enfants qu'elle suivait, fouinait dans la vie des proches et finissait par pointer les origines du malentendu, du traumatisme ou de la maltraitance exercée sur ses petits patients. Au terme de l'enquête, les dégâts étaient souvent non négligeables pour les victimes, mais les coupables avaient été débusqués par la psychanalyste-enquêteuse. Nous n'étions pas dans un conte de fées, il y avait des séquelles, mais tout finissait par plus ou moins s'arranger.

Les premières années où je t'ai accompagné chez ta psychiatre, deux fois par semaine, j'ai moi aussi attendu le jour où, enfin, elle surgirait dans la salle d'attente pour m'annoncer la fin de l'enquête. Elle aurait peut-être pointé du doigt mes failles, mes incompétences, j'aurais baissé les yeux devant tant de preuves irréfutables, reconnu ma culpabilité, mais si c'était là le prix à payer pour que tu naisses une seconde fois, je me sentais prête à reconnaître mes fautes. Nous pourrions rattraper le temps perdu et gommer le passé. Peut-être décèlerait-on malgré tout chez toi, et ce même une fois adulte, un air de fragilité qui passerait parfois sur ton visage, un mauvais souffle qui troublerait tes traits et te donnerait l'air absent. Tes amis diraient peut-être, lorsqu'ils parleraient de toi, que tu es parfois bizarre, absent, insaisissable, puis la conversation dévierait sur un autre sujet. On te prendrait comme tu es, tu aurais des amis, une amoureuse.

Hélas, je n'ai jamais été condamnée, un dossier classé sans suite. Ce fantasme d'un possible déclic, qui avait installé en moi la croyance que chaque problème psychologique avait sa solution et qu'il suffisait de prendre son mal en patience et de trouver le bon professionnel pour le résoudre, était d'une grande naïveté. Ce déclic, qui t'aurait atteint un jour tel un éclair, te foudroyant pour faire de toi un autre petit garçon, n'a bien sûr jamais eu lieu. J'ai eu l'impression pendant longtemps de m'être fait rouler dans la farine par ce mot magique, qui m'avait tant captivée quand j'étais jeune.

On ne guérit pas de l'autisme, il faut apprendre à vivre avec. Toutefois, grâce à cette psychiatre, qui t'a suivi tant d'années, tu as cessé d'être violent avec toi-même. Elle a réussi à t'apaiser et à te redonner un peu confiance en toi. Et moi, combien d'heures ai-je passées dans sa salle d'attente ! Je m'endormais inéluctablement, à croire que j'inhalais de l'éther avant de pénétrer dans les lieux. Ma façon à moi de disparaître…

Tu peux faire des progrès, par paliers le plus souvent infimes, ou t'effondrer, dégringolant à une vitesse prodigieuse toutes les marches que tu as eu tant de mal à gravir, même si c'est, fort heureusement, de moins en moins vrai avec le temps. Un jour c'est moi, pour continuer à tenir debout, qui suis allée consulter une psy, elle-même mère d'un fils autiste. Chez elle, j'ai fait mon deuil à tout jamais d'un petit garçon comme les autres. Le déclic Dolto avait pris ses cliques et ses claques.

Est-ce pour cette raison que j'aime tant les récits, romans et films qui évoquent l'histoire de parents ayant perdu un enfant ? Je suis irrésistiblement attirée vers ces territoires où la douleur, le manque et la culpabilité n'ont de cesse de venir tourmenter pères et mères jusqu'à leur dernier souffle, où les périodes d'accalmie et d'oubli passent toujours trop vite et ne sont que des leurres. Ces gens-là, je suppose, sont par la force des choses moins attachés à la vie que les autres. Ils ont en tout cas avec elle une certaine distance. Le chagrin, trop puissant, les a terrassés, ils ont négocié qu'une partie d'eux-mêmes suive leur enfant disparu. Je me souviens de *L'Enfant volé* de Ian McEwan, *Martin cet été* de Bernard Chambaz, *Tom est mort* de Marie Darrieussecq, *Tout ce que j'aimais* de Siri Husvedt, *D'autres vies que la mienne* d'Emmanuel Carrère, *Le Fils* de Michel Rostain, *Philippe* de Camille Laurens, *À ce soir* de Laure Adler et, dernièrement, du très beau film *Chorus* de François Delisle. Mais non, tu n'as pas été le déclencheur de cette fascination morbide, tu l'as simplement exacerbée, puisque je me souviens très bien, moi qui ai une si mauvaise mémoire, que je lisais *L'Enfant volé* avec un plaisir immense teinté d'angoisse alors que j'étais enceinte de toi.

Tant pis pour le déclic. Car à n'en pas douter, le jour où tu saurais lire, tu serais sauvé. La lecture te transporterait dans un monde imaginaire pourvu de nombreuses cachettes où te blottir, loin de nous, de nos codes incompréhensibles. Tu traverserais les frontières sans quitter ta forteresse. Je ferais voler les livres au-dessus des remparts. Tu trouverais dans la lecture des plaisirs inépuisables, de quoi être heureux et combler ta solitude. Tu vivrais ainsi par procuration et peut-être même qu'un jour, toutes les histoires dont tu aurais été le témoin, tous les personnages en compagnie desquels tu aurais parcouru les époques, partagé leurs émotions, traversé des paysages et des aventures te donneraient le goût des autres et les clés pour venir à notre rencontre. J'ai bêtement espéré qu'il en serait pour toi comme pour moi, une enfant, puis une adolescente qui avait trouvé dans la lecture son refuge le plus sûr et qui aurait aimé ne jamais le quitter.

Ton monde serait habité par des montagnes de livres et tu prierais pour qu'on te fiche la paix. Je serais parfois exaspérée et t'ordonnerais de lâcher ton bouquin pour venir nous rejoindre. Les livres allaient te sauver, comment pouvait-il en être autrement ?

J'ai bataillé des journées entières, des mois, des années. Je te demandais de répéter chaque syllabe jusqu'à ce que tu ne trébuches plus sur elles, tu écrivais des dizaines de fois chaque mot qui te posait problème, je t'expliquais ce qu'il signifiait, te donnais des exemples, chaque phrase devait être relue plusieurs fois pour que tu en comprennes le sens. Des heures de labeur où les difficultés, nombreuses et diverses, te faisaient perdre le fil de l'histoire qui, aussi simple soit-elle, t'échappait totalement. Durant les vacances d'été, au lieu de jouer dehors, d'aller nous baigner et de profiter du soleil, nous nous enfermions dans une pièce deux ou trois heures tous les jours. Moi qui avais gardé un souvenir épouvantable des devoirs de vacances, inutiles, sources de multiples crises de larmes et de bouderies, et qui m'étais promis de ne jamais infliger cela à mes enfants, c'était réussi, j'avais commis bien pire. Nous sommes rentrés dans un rapport de forces infernal. Tu te braquais et y mettais à juste titre – je le reconnais rétrospectivement – de la très mauvaise volonté. Tu savais comment m'agacer : tu lisais une phrase seulement, très lentement, puis tu humectais ton index afin de tourner au ralenti les pages de ton livre, jusqu'à celle où nous avions décidé de nous arrêter ce jour-là. Et tu répétais ces gestes après chaque phrase lue. Ou alors, tu me disais que tu allais appeler la police. Je te répondais que tout cela était stupide, j'avais tout l'après-midi devant moi puisque j'étais moi aussi en vacances. Tu me rétorquais : « Je m'en fiche, moi, maman, de toi. » Apprendre à lire était trop difficile pour toi, au-dessus de tes capacités intellectuelles, et nous achevions ces séances harassés et sur les nerfs ; toi, totalement abattu, moi hystérique et bonne à enfermer. Lorsque je mettais fin à notre calvaire, nous nous détestions quelques heures durant.

Il est vrai que si tu as fini par apprendre à lire, tu n'as jamais connu le plaisir de la lecture et, à m'acharner ainsi, je crois que je t'en ai dégoûté. Heureusement, tu as Danielle auprès de toi depuis des années et, deux fois par semaine, tu lis à ses côtés. Elle ne s'énerve jamais, est d'une patience infinie et avec elle, tu sors ton livre de ton sac à dos sans jamais rechigner.

Je mettrai tout aussi longtemps à comprendre qu'extraire l'essentiel d'une histoire n'a aucun sens pour toi et que, de ce fait, la résumer est au-dessus de tes capacités. S'il était par exemple question dans un livre des aventures d'un groupe d'enfants qui avaient décidé de plonger dans la mer pour récupérer un trésor mais en étaient empêchés par la présence de requins qui rôdaient autour de leur bateau, et que je te demandais de me citer le fait majeur de l'action qui venait de se dérouler, tu pouvais me répondre, après avoir longuement hésité : « Ils mangent des sandwichs au jambon. » Et cela me rendait dingue. Ce n'était pas possible, tu le faisais exprès. Mais non : tu abordes tous les événements au même niveau, les faits principaux comme le superflu, et établir une hiérarchie entre eux t'est impossible. Il en est ainsi dans la littérature comme dans ta vie.

Acronymes

Changer d'institut un an plus tard est une fois de plus pour toi une véritable épreuve, mais elle en vaut la peine. En forçant les portes du public pour la première fois, nous repartons avec une liste d'externats médico-pédagogiques susceptibles de te recevoir. Je fais connaissance avec les instituts médicalisés, établissements spécialisés, maisons, associations, allocations… C'est aussi le début de mon initiation aux acronymes en tout genre, pour lesquels il s'agit de se tenir à la page, car on modifie leurs lettres assez régulièrement. J'ai depuis effacé de mon cerveau, et c'est tant mieux, les nombreuses conversations téléphoniques où je reprends ton parcours avec les responsables de ces instituts, les lettres dans lesquelles je tente de décrocher un rendez-vous, l'attente, les refus, l'espoir, la déception, la peur et les jours qui passent. Je me bats comme une acharnée pour que l'on t'accueille dans un endroit où je n'ai, dans le fond, aucune envie de t'envoyer. Je parviens encore à me persuader que nous avons jusque-là joué de malchance avec le système scolaire, emprunté les mauvais chemins, et que tu es peut-être capable de suivre dans une école publique ou privée avec deux ans ou trois ans de retard, mais qu'importe, nous ne sommes plus à ça près.

Après trois rendez-vous, l'externat médico-pédagogique de Chaillot, dans le VIIIe arrondissement, t'accorde un stage d'une dizaine de jours. Tu as dix ans et c'est la première fois que tu es pris en charge par des spécialistes en psychoses et autismes infantiles. Tu te trouves enfin là où tu dois être, cette société parallèle, ce monde d'à côté dans lesquels nous faisons tous deux nos premiers pas. Ton père et moi pouvons nous reposer sur des personnes bienveillantes et à l'écoute. Cet endroit devient ton refuge, ton cocon. Tous, éducateurs, psychiatres et psychologues, te protègent et t'aident à grandir à ton rythme. Tu ne subis plus de pression et n'as plus à craindre les moqueries de tes petits camarades ou le mépris des instituteurs. À la maison, nous accueillons Amel, qui s'occupe merveilleusement bien de toi. Tu passes quatre ans à l'externat, mais aurais volontiers joué les prolongations dix ans de plus, s'il n'y avait eu une limite d'âge. D'ailleurs, tu n'as tellement pas envie d'en partir que tu régresses la dernière année afin de pouvoir rester une année supplémentaire, qui t'est accordée. Cette période est pour toi une parenthèse enchantée si l'on considère ce que tu as vécu et ce qui t'attend. Les années suivantes, tu continueras à leur rendre visite assez régulièrement. Tu aurais tellement aimé que l'on te propose de revenir auprès d'eux.

Le grand bain

Tu as onze ans. Je t'apprends à te rendre seul à l'EMP. Tu as un changement en métro. Je procède par étapes, mais tu refuses, tu m'enlaces, me serres fort, tu pleures. Je ne cède pas, je détache tes bras qui m'enserrent. Je te laisse d'abord au bout de la rue et te regarde passer le portail de l'institut. Puis à la sortie du métro Franklin-Roosevelt et tu dois alors marcher seul rue Marbœuf. Ensuite, je te dis au revoir après le changement, avant le changement et, enfin, tu effectues le trajet sans moi. Je te dis que tu es capable d'y arriver, j'ai confiance en toi, il faut que tu comprennes, je ne peux pas toujours t'accompagner, je dois aller travailler. Tu me tournes le dos et rejoins ton école en courant. J'ai le cœur en vrille. Je pourrais remettre tout cela à plus tard, tu es encore si petit, bien plus petit que ton âge réel, physiquement et mentalement, mais il faut que tu y arrives, parce que tu m'étouffes, parce que je suis trop indépendante, je travaille trop, je cours après les heures, le sommeil, les plaisirs. Je veux que ta sœur et toi vous débrouilliez dans la vie au quotidien, et vite. Pour vous pousser à être autonomes, je n'ai jamais fait de différence entre elle et toi. J'ai bien conscience que tu peux facilement parler à des inconnus, te laisser embarquer, manipuler, racketter et que tu es même la proie idéale : docile et incapable de te défendre. D'ailleurs, jusqu'à tes treize ans environ, tu dis bonjour à la cantonade lorsque tu entres dans une rame de métro, accostant même certains voyageurs en particulier pour leur demander leur destination.

Je pourrais, au moins les premiers temps, te suivre de loin, pour être certaine que tu arrives à bon port. Mais non, je tente le diable. C'est comme si, tout en me cachant les yeux pour ne surtout pas voir la catastrophe qui pourrait survenir, je te jetais dans le grand bain d'une piscine en pariant sur le fait que tu sauras, après quelques secondes de panique, remonter à la surface et nager. Dix ans plus tard, tu es indemne, mais tu continues de courir où que tu ailles dès que tu es seul dans la rue. Et j'ai beau te dire, hier, aujourd'hui et demain, alors que tu es prêt à partir : « Tu n'as pas besoin de courir, Antoine, tu n'es pas du tout en retard », tu me réponds « Oui » mais rien n'y fait, tu vas accélérer le pas dès que tu seras hors de ma vue, avec ton sac à dos qui pèse dix tonnes, car à l'intérieur tu as enfoui, outre tes minces affaires de classe, des multiprises – pour trois, quatre et cinq prises – et au moins une rallonge. Des objets que tu affectionnes particulièrement.

Au café

On me demande souvent si tu es doué pour quelque chose, si tu es… « Comment on dit déjà ? », et je réponds « Asperger », sans laisser le temps à mon interlocuteur de trouver le mot recherché. « Oui, voilà, c'est ça ! » Je comprends que l'on me pose cette question, bien qu'elle ait tendance à m'irriter. C'est sûr, je serais moins énervée si tu étais le roi du calcul mental, un as de la trompette ou si tu parlais dix langues. Et j'adopterais alors peut-être, comme certains parents, un ton particulier pour dire « Mon fils est Asperger », comme si les troubles autistiques étaient un handicap différent de celui dont leur enfant est atteint. La télévision, lorsqu'elle parle de l'autisme, fait souvent intervenir des autistes Asperger qui ont, certes, des difficultés à se sociabiliser, à interagir avec les autres, sont atteints de troubles envahissants du développement, mais « doués pour quelque chose ».

Comment ne pas être captivés par ce jeune homme qui parle quinze langues mais est incapable de ranger dans son sac les courses qu'il vient de faire au supermarché, par cet autre qui joue au piano et sans partition une musique qu'il n'a écoutée qu'une fois, mais est dans l'impossibilité de traverser la rue tout seul ? C'est fascinant, c'est mystérieux, certes, mais on ne montre là qu'une facette du spectre autistique, la plus spectaculaire. Vous qui souffrez de troubles autistiques êtes en effet bien plus nombreux à être dépourvus d'un don particulier que le contraire. C'est notamment pour cette raison que l'on préfère dorénavant parler de spectre autistique que d'autisme.

Les jours où je suis d'humeur joyeuse, je réponds à mon interlocuteur que tu es doué pour le flipper. Oui, tu es un génie du flipper. Tu sais à peine marcher que, déjà, tu passes des heures à y jouer dans la salle de jeux de la maison de campagne de tes grands-parents. Quelques mois après tes débuts, tu as définitivement pulvérisé tous les records de la famille, acquis de haute lutte par nous tous après des années d'entraînement. À Paris, nous prenons l'habitude d'arpenter les cafés pourvus d'un flipper. Nous te hissons sur une chaise afin que tu sois à la bonne hauteur et te regardons enchaîner les parties. Tu ne cesses de claquer, alors que nous avons inséré dans la fente de quoi jouer deux parties seulement. Tu as un café préféré, *La Liberté*, dans le quartier de Montparnasse, en bas de chez ta grand-mère. Ses propriétaires et fidèles serveurs te voient grandir devant leurs machines, trônant sur une chaise jusqu'à ce que tu n'en aies plus besoin. Combien de fois avons-nous pu observer des clients attendre indéfiniment que tu veuilles bien finir ta partie pour jouer à leur tour. Peine perdue ! Tu es installé, tranquille comme Baptiste, et ce n'est pas ton voisin, maugréant et soupirant dans ton dos, qui te déconcentrera. Pourtant, jouer au flipper ne t'empêche pas de regarder ce qui se passe ailleurs. Tu le fais même exprès, détournant ton regard lorsque la balle se trouve dans la partie supérieure de la machine, pour ne le reposer qu'à l'instant précis où celle-ci atteint l'un des flippers qui te permet de la relancer. Toi qui, dans la vie de tous les jours, te casses sans cesse la figure, es maladroit de tes mains et donnes l'impression d'être dépourvu de force dans les bras, tu fais ici preuve d'une incroyable dextérité. Tout cela est bien mystérieux... Comment jouer avec trois balles en même temps, remporter l'extraball, quel score atteindre pour avoir une partie gratuite n'ont aucun secret pour toi, et cela est vrai sur n'importe quel flipper. Il est temps pour nous de rentrer et si ton compagnon d'infortune, qui ronchonne dans ton dos depuis un petit moment déjà, a fait preuve de patience, des parties gratuites l'attendent.

Comme d'habitude

Le temps présent ne te sert qu'à faire face aux événements à venir. Chaque modification ou nouveauté dans ton emploi du temps est un bouleversement, une épreuve de plus. Cela fait vingt et un ans que tu anticipes. Un rendez-vous chez le dentiste à 17h30 donne lieu à de nombreuses questions : « Alors il faudra partir de la maison à 17h15 mais on se retrouve là-bas, maman, et toi, tu vas partir d'où ? De ton bureau ? Alors c'est la ligne 12 et après il faudra que tu changes à Montparnasse. Ou alors tu peux prendre le bus puis après le tramway. Mais toi, tu vas partir à quelle heure, maman ? » Un départ en vacances suscite de longs mois auparavant des interrogations du même acabit : « Et tu sais, maman, à quelle heure est notre TGV ? C'est toi qui as les billets ? Tu me les fais voir ? Qui va nous accompagner à la gare ? À quelle heure on partira de la maison ? Je peux faire ma valise, comme ça, ça sera fait ? » Tu nous informes, sans jamais te lasser, de l'heure à laquelle tu as prévu de partir, de rentrer, ainsi que des différents trajets possibles. Comme tous tes proches ont pris l'habitude de ne répondre qu'une fois à chacune de tes questions, deux, les jours de grande mansuétude, « Antoine, tu connais la réponse » est l'une des phrases que tu entends le plus fréquemment. Alors tu ruses en abordant un sujet qui n'a rien à voir pour revenir, par on ne sait quel subterfuge, à l'heure de départ d'un voyage qui a lieu deux mois plus tard.

Une fois installés au cinéma, le moment où tu demandes à voix basse à quelle heure et comment nous allons rentrer à la maison ne tarde jamais. Tu tiens à m'informer du voyage de retour : si on prend la ligne 13, on peut ensuite attendre le bus, on peut marcher jusqu'au tramway, ou alors passer par la ligne 6 et effectuer deux changements... Et comme tu adores les transports en commun, on ne peut pas compter sur toi pour nous donner le chemin le plus rapide car plus il y a de changements, et mieux tu te portes.

C'est agaçant, fatigant, déroutant. Te répondre « Mais regarde le film, Antoine, profite du moment présent, on s'en fiche du retour » est inutile.

Peut-être pourrais-je atténuer cette inquiétude permanente en me pliant moi-même à un emploi du temps plus strict : passer à table à heure fixe, sortir le soir les mêmes jours de la semaine, aller au supermarché avec toi le samedi toujours à la même heure et surtout, surtout, ne pas laisser planer ce suspense insoutenable jusqu'au dernier moment : « Monoprix ou Intermarché ? »

La paix, ce serait une vie où aucun imprévu ne viendrait se glisser dans un calendrier immuable. Mais je ne suis pas ainsi, je suis même tout le contraire. Sans cesse je change d'avis, je suis en retard, j'oublie certains de mes rendez-vous, j'ai envie, puis je n'ai plus envie, je suis cyclothymique et usante. En outre, j'aime bien te mettre à l'épreuve, afin que tu ne nourrisses jamais l'illusion que ta vie suit une route linéaire et sans encombre, dénuée de chemins de traverse, chausse-trapes et sens interdits. Lorsque je te donne rendez-vous dans Paris, tu m'attends à la sortie du métro, toujours en avance, ton portable à la main, patient, immobile, inquiet, regardant droit devant toi. J'arrive, enfin ! Un large sourire illumine ton visage, tu m'étreins. « Et après, maman, quand on a fini, tu rentres avec moi ? On prend le métro ? La ligne 4 ? Ou la 12 puis la 6 ? — Je ne sais pas, Antoine, nous verrons bien, nous n'en sommes pas là. » Mais si, toi tu y es déjà. Tu es même toujours là-bas et nulle part ailleurs, dans le futur, où tu tentes de te préparer à ce qui t'attend, source d'insupportables incertitudes.

Tu aimes écouter la radio car on n'oublie jamais d'y annoncer l'heure et les horaires des émissions à venir. On y retrouve les mêmes programmes quotidiens ou hebdomadaires, et cela te plaît beaucoup. Tu sais ce qu'on va t'y proposer. Elle te rassure. La radio, elle, au moins, est fiable et à moins d'une grève – tu me parles toujours de celle de France Inter qui a eu lieu en mars 2015 et a duré vingt-neuf jours –, rien ne viendra perturber les programmes annoncés. Le dimanche, tu n'omets pas de me prévenir que *Le Masque et la Plume* va bientôt commencer et tu adores imiter la voix de Jérôme Garcin lançant « Le Masque… et la Plume », en respectant parfaitement les intonations du journaliste. Tu me rappelles les horaires des émissions à venir, les flashs d'infos – particulièrement ceux de Philippe Abiteboul à 19 heures – et tu conclus toujours par « et cætera, et cætera », accompagné d'un geste de la main qui évoque un moulinet : il n'existe pas d'expression plus rassurante pour toi que celle-ci, avec « comme d'habitude », que tu aimes répéter à satiété. Elles t'apaisent, te réconfortent, entraînent dans leur sillage la répétition des choses, leur immuabilité et bannissent toute surprise ou volte-face. « Pourquoi ce n'est pas comme d'habitude ? » t'inquiètes-tu si souvent. Tu voudrais tellement que ta vie à toi tienne dans un poste de radio.

D'ailleurs, le premier mot que tu as prononcé après « papa » a été « encore », ce qui n'était guère étonnant de la part d'un petit garçon déjà obsessionnel, qui souhaitait que les choses soient installées une bonne fois pour toutes et refusait d'en découvrir de nouvelles. Tu passais des journées entières à jouer avec ton toboggan à billes, les regardant descendre des centaines de fois à vive allure. Je positionnais les éléments du jouet différemment afin de changer le parcours, créer des surprises dans leur cheminement, mais tu détournais la tête. Tout ce que tu souhaitais, c'était les voir dégringoler.

De même, tu aimes retourner là où tu es déjà allé. « On reviendra, maman ? » me demandes-tu à chaque fois que nous nous trouvons quelque part. Que la maison louée cette année-là nous ait tous un peu déçus, que tu t'y sois parfois ennuyé semble ne pas avoir beaucoup d'importance. Tu veux retourner là où tu as déjà tes repères.

Te faire goûter de nouvelles saveurs a longtemps été un calvaire. Tu aurais voulu qu'on te serve midi et soir les mêmes aliments que tu aimais. Tu manges les mêmes gâteaux depuis des années à 16h40 précises, assis sur la même chaise la semaine, le même fauteuil le week-end. Cette année, ton anniversaire tombe un mardi, jour de la semaine où tu passes la soirée et dors chez ta grand-mère. Je te propose d'aller au restaurant pour fêter ça, tu iras chez elle un autre jour, mais tu refuses et me réponds, puisque je te laisse le choix : « Je ne change pas mes habitudes. » Avec toi, je découvre que l'on peut passer un temps infini dans la même position, imperméable au monde extérieur. Assis au bord de ton lit, toujours à la même place, tu restes des heures durant les yeux rivés sur ta tablette à jouer à des jeux totalement débiles selon moi et si je ne te poussais pas à aller au cinéma ou à faire du vélo, tu finirais par prendre racine sur ton matelas. Je pourrais me dire, en guise de consolation, qu'ils sont de plus en plus nombreux, comme toi, à s'activer sur les mêmes conneries dans les transports en commun et ailleurs – l'air hagard, fatigué ou comme si leur vie dépendait du score atteint –, mais non, cela me rend hystérique et je ne peux m'empêcher de penser que tu devrais plutôt tenter de rattraper le temps perdu pour sortir avec d'autres jeunes de l'hôpital de jour, lire, voir un film, faire des photos, utiliser ta GoPro, bref, t'ouvrir davantage au monde. Je te pousse sans cesse à aller de l'avant, je te tourne autour, te titille, te bouscule, espérant qu'un jour, peut-être, tu t'enthousiasmeras pour une activité quelconque. Mais c'est éreintant. Tu prends plaisir à regarder à la télévision *Les Chiffres et les Lettres*, mais ce que je ne sais pas et n'ai jamais su, c'est ce que tu en comprends exactement et le plaisir que tu en retires. Je ne te vois jamais chercher un mot ni faire un calcul lors de l'émission et je crois que ce que tu apprécies surtout, c'est qu'il y ait un temps imparti pour les joueurs, les lettres que l'on déroule l'une après l'autre et les chiffres qui apparaissent. Quant aux matchs de football que tu suis également assidûment, j'ai l'impression que tu imites ton père et ton beau-père lorsque toi aussi tu cries « Attention ! Bien joué ! Non ! Hou lala ! » avec toujours un temps de retard par rapport à l'action. Alors que tu nous as annoncé puis répété cinq ou six fois lors du dîner qu'il y a PSG-Marseille à la télé ce soir et que tu as hâte que le match débute, tu regagnes ta chambre à la mi-temps, quel que soit l'enjeu du match et malgré notre insistance pour que tu le regardes jusqu'à la fin. L'idée de te coucher plus tard que d'habitude un soir de la semaine est inenvisageable. Et pourtant, tu n'es pas près de dormir.

Shopping

Tu n'aimes pas faire les magasins, mais il faut bien de temps en temps t'acheter des vêtements et des chaussures. Tu es tellement pressé d'en finir que tu aimes tout ce que je te montre. Tu t'en fous royalement. Tu rechignes à essayer, tentant de me convaincre que ce n'est pas la peine, mais je ne cède pas. Si un pantalon te va trop grand ou si, au contraire, tu es boudiné dedans, tu me dis que non, pas du tout, il est parfait. Le plus difficile, c'est de te faire essayer des chaussures. Pour en finir au plus vite, tu es capable de m'annoncer d'un air convaincu que tu te sens très bien dans le 37 ou le 42 alors que tu chausses du 40. Je palpe tes pieds à travers le cuir, te demande de marcher de long en large plusieurs fois dans le magasin et fais souvent perdre patience aux vendeuses, mais peu importe. Je leur explique qui tu es et que, pour les chaussures, je me méfie de toi, que je me suis fait avoir plus d'une fois, et alors elles nous laissent tranquilles.

Tous les ans, Éric, ton beau-père, t'emmène à la montagne. Cette année, à peine arrivés, vous partez tous les deux à la recherche d'après-skis. Les tiens sont troués, c'est comme si tu marchais directement dans la neige, mais tu ne vois pas où est le problème. Tu essaies une première paire, tu te sens serré, dans la deuxième également. Il y a du progrès puisque tu n'as pas choisi la première venue. La troisième est la bonne ! Éric trouve que tu traînes drôlement les pieds avec mais bon, tu sembles content et il la prend, malgré l'air circonspect de la vendeuse. Deux ou trois jours plus tard, il emprunte tes Moon Boot pour descendre les poubelles et s'aperçoit, lui qui chausse du 42 – toi du 40 – qu'il nage dedans. Il t'a acheté du 43… Je ris et m'étonne qu'il ne se soit pas aperçu que ces après-skis, que tu n'as plus quittés le reste du séjour, étaient beaucoup trop grands. Non, il n'a rien remarqué. Je lui demande comment il aurait fait, lui si distrait, s'il avait été le père d'un enfant autiste. À n'en pas douter, ils auraient formé un sacré tandem. Serait-il devenu un autre homme ? Aurais-je aimé celui qu'il serait devenu par la force des choses ? Je réalise à cette occasion que tu n'as toujours pas une grande notion de ton corps, des vêtements ou des chaussures dans lesquels tu te sens à l'aise, ou pas. Ta grand-mère ou moi achetons tes blousons sans toi. Nous connaissons la seule règle incontournable : ils doivent être pourvus de nombreuses poches pour y accueillir ton portable, ton portefeuille bourré à craquer de pièces de monnaie, que tu trimballes par dizaines, car lorsque tu fais un achat, tu donnes toujours un billet. J'ai pris l'habitude, sans te laisser le choix et afin que tu te sentes plus léger, d'échanger le week-end tes pièces contre mes billets. C'est alors moi qui n'arrive plus à fermer mon porte-monnaie.

Tu enfiles régulièrement tes pulls à l'envers ou le pantalon de ta sœur ou de ta demi-sœur, qui a atterri par mégarde dans ton armoire. Tu t'habilles avec le premier vêtement qui te tombe sous la main, malheureusement une polaire alors qu'il fait 35 degrés, mais comme tu ne te plains jamais d'avoir trop chaud ou trop froid, cela ne te dérange nullement.

J'ai pris conscience que tu évitais soigneusement depuis toujours de te regarder dans les miroirs lorsqu'il a fallu que tu apprennes à te raser. Impossible de faire l'impasse pourtant, sauf à ressembler à Scarface tous les matins. Je t'ai demandé pourquoi tu détournais ton regard, mais tu es resté silencieux, craignant probablement que je me moque de toi. J'ai insisté. Tu as fini par m'avouer qu'il y avait, si tu te regardais dans le miroir, un fantôme à ton côté. J'ai tenté de te rassurer en me plaçant près de toi, face à la glace, de te convaincre qu'il n'y avait personne, seulement nous deux, mais je me sentais désarmée. Si les fantômes te cernent, que puis-je contre eux ? Et celui-là, que je venais de découvrir, depuis combien de temps t'empoisonnait-il la vie ? Combien étaient-ils, et où se cachaient-ils, ces monstres que tu taisais et que je débusquais presque par hasard ?

Ce matin, nous sommes fâchés. Tu fais ta mauvaise tête et ne veux pas faire l'effort de me rejoindre à Montparnasse pour acheter une chemise de ta part à ta sœur qui va fêter ses dix-neuf ans. Tu m'énerves et puisque c'est comme ça, tu vas t'en occuper tout seul. Tu n'as qu'à aller chez Zara, qui se trouve à Alésia. Je te laisse partir mais je regrette déjà de m'être emportée : avec quoi vas-tu revenir ? De retour à la maison, le cadeau est emballé dans une pochette, ce qui est bon signe. Je te demande ce que tu as acheté. « 5,95 euros », me réponds-tu. J'ai bien fait de craindre le pire. Je tente d'en savoir un peu plus : « Une chemise à 5,95 euros ? Euh… elle est comment ? » Tu m'expliques que tu es d'abord allé au rayon enfants, mais que comme tu n'y as rien trouvé, tu es allé au rayon femmes. Silence. Tu n'as qu'une envie : rejoindre ta chambre. Je tente de t'amadouer, de te persuader de me laisser voir ton cadeau, te promettant que je referai ensuite le paquet, mais tu refuses de manière catégorique. « C'est une surprise. » Le lendemain, nous sommes nombreux à la maison. J'ai prévenu ta sœur : « Je n'ai aucune idée de ce que t'offre ton frère mais on s'en fiche, tu fais comme si tu étais très contente car il est allé l'acheter tout seul. » Elle ouvre ton paquet. Je suis prête à dégainer en deux temps, trois mouvements : faire les gros yeux à ta sœur si elle ne joue pas le jeu ; faire taire gentiment celui ou celle qui ne pourra s'empêcher de rire ; te rassurer en te disant que c'est formidable que tu y sois allé tout seul et que le reste n'a aucune importance, puisque nous irons le changer dans la semaine. Ce n'est pas une chemise, mais un très joli tee-shirt tout simple, gris avec un col en V. Je suis épatée. Je ne peux compter le nombre de fois où il m'est arrivé de te sous-estimer ou, au contraire de te surestimer, me trompant sur tes capacités intellectuelles et tes réactions, hors du commun.

Seul

Lorsque vous étiez encore petits, on invitait parfois ta sœur à des anniversaires d'enfants que tu connaissais aussi bien qu'elle mais auxquels, toi, tu n'étais pas convié. Il m'est arrivé de ne pas tenir Lou informée d'une invitation, de la passer sous silence – tant pis, elle n'irait pas – de peur que cela te fasse de la peine d'être ainsi rejeté. Être conscient de son handicap est une sacrée épreuve, mais savoir que les autres, les soi-disant gens normaux, vous rejettent à cause de lui en est une autre. Je me sentais un peu coupable vis-à-vis d'elle, mais j'inventais une excuse bidon auprès des parents, n'osant leur avouer que leur attitude me blessait. Il est aussi arrivé à ta sœur, lorsqu'elle a été un peu plus grande, de refuser une invitation sans que j'intervienne, parce que tu n'étais pas convié. Je me souviens aussi de quelques fêtes qu'il a été impossible de te cacher, d'où tu t'étonnais d'être exclu. Tu m'en demandais la raison, et je ne savais quoi te répondre. Te cacher mes larmes et ma voix qui tremblait ratait à tous les coups. Te dire que tu n'étais pas invité parce que, probablement, certains parents ou enfants ressentiraient de la gêne à te voir mettre sans cesse tes mains à ta bouche, te boucher les oreilles, jouer seul ou poser les mêmes questions sur l'heure de ton retour, par exemple ? Que tes sourires, tes câlins, les quelques moments où tu tenterais de te mêler aux autres de façon maladroite, en en rajoutant avec des phrases hors de propos et des gestes affectueux pour te faire accepter, n'arrangeraient rien ? Il ne te serait pas venu à l'idée de frapper un autre, de te faire du mal ou même de piquer une crise de colère en public lors d'une fête, mais il était inenvisageable, je suppose, de courir le moindre risque de gâcher le goûter d'anniversaire. Il n'y avait jamais dans ta question de signe de jalousie, d'énervement ou de sentiment d'injustice. Tu te montrais simplement surpris. Moi, j'avais envie de tout casser. Et c'est certainement l'un des traits de ton caractère qui me bouleverse le plus, cette acceptation des choses.

Aujourd'hui, tu interroges ta sœur sur sa fac, ses horaires, ses examens, tu lui demandes des dizaines et des dizaines de fois « Mais c'est quoi, les galops ? », « Tu fais quoi dans ton association ? », « Et tu pars où au ski avec ta fac ? », comme tu l'interrogeais déjà lorsqu'elle était au collège, puis au lycée : « C'est quoi déjà SVT ? », « La philo, je comprends pas… », « Et demain tu commences à quelle heure ? Et à quelle heure tu finis ? », te montrant toujours surpris qu'elle ne commence et ne termine pas comme toi tous les jours à la même heure, jamais envieux de ses journées si remplies et si diverses. Tu la regardes avancer, grandir, sortir avec ses amis, aller à des fêtes, au restaurant, dans des bars, devenir une adulte, comme si cela n'avait jamais été et ne serait jamais pour toi, comme si tu ne t'étais jamais dit une seule fois : « Pourquoi pas moi ? » Tu constates que Lou et Lola, ta demi-sœur, sont de moins en moins à la maison.

Elles vont et viennent, on ne sait plus jamais qui sera là pour dîner et pour toi qui apprécies d'être entouré des gens que tu connais depuis toujours, ce qui est établi, les horaires fixes, l'immuabilité, c'est très difficile à vivre. Tous les jours, tu me demandes qui sera là ce soir, seras-tu tout seul, serons-nous deux, trois, quatre ou cinq, et ne mouftes pas lorsque je te réponds, d'un air agacé ou lassé, que je n'en sais rien. Tu nous fais croire que tu es très content d'avoir la maison pour toi seul lorsque nous sommes tous de sortie mais dans le fond, je ne suis pas certaine que cela te rende si heureux.

Ta façon de vivre solitaire, ton manque d'envies et d'initiatives, ton refus systématique, au départ, de tout ce qui pourrait chahuter ton emploi du temps quotidien, la croyance, inscrite en chacun de nous depuis si longtemps, que la sortie que nous projetons pour ce spectacle, ce film ou ce musée risque de t'ennuyer ou d'être au-dessus de tes capacités intellectuelles font qu'il m'arrive de t'oublier, ou en tout cas de te laisser de côté. J'ai tort. Je m'en aperçois lorsque je t'emmène voir *Singin' in the Rain* au théâtre du Châtelet, un cadeau de ta tante pour Noël. Tu m'as déjà appelée plusieurs fois pour confirmer notre rendez-vous devant la fontaine à 19h45 et être sûr que je garde les billets « bien précieusement ». J'entends à ta voix que tu es heureux de ce moment que nous allons passer tous les deux et qui te change de tes soirées, semblables les unes aux autres. Je sais aussi que, à peine installé dans ton fauteuil, tu me demanderas à quelle heure se termine le spectacle et quel moyen de transport nous allons emprunter pour rentrer. Lorsque, pour la première fois, alors que tu as vingt ans et parce que tu as dorénavant un compte en banque et une carte bleue, tu accompagnes ta sœur pour acheter les cadeaux de Noël, tu y vas de bon cœur, ravi de passer cet après-midi avec elle, alors que je pensais que tu traînerais des pieds à l'idée d'arpenter les magasins. De même que t'ont réjoui nos trois jours dans le nord de la France, où nous passons notre temps à nous promener et à visiter des musées. En réalité, je crois que désormais tu t'ennuies un peu le soir et les week-ends, mais tu ne feras rien pour y remédier : tu n'es pas encore capable de mettre des mots sur tes sentiments, tes émotions, et ne veux surtout pas bouleverser tes habitudes. Même si tu en avais conscience, tu ne souhaiterais rien modifier. Trop angoissant. Tu changes, tu grandis et c'est quelque part – je ne sais où exactement – contre ton gré. Les choses restent telles qu'elles sont, même si elles ne te satisfont plus et c'est à moi, en étant plus vigilante à ces transformations silencieuses et infimes qui s'opèrent en toi, de te forcer à bouger les lignes.

Tu es toujours très content de retrouver ta famille pour les anniversaires, les dîners, les fêtes, mais refuses d'inviter des copains à la maison ou de fêter ton propre anniversaire avec eux. Je t'ai souvent proposé de donner rendez-vous à un ami au cinéma ou au café, mais tu m'opposes un refus systématique. Ton non arrive, quoi que je propose, avant même que j'aie fini de déployer mes arguments. Et demain, Antoine, que se passera-t-il, à ton avis ? Je te pose souvent cette question et insiste sur le fait que je ne serai pas toujours là, près de toi. Tu risques de te retrouver très seul plus tard si tu refuses de te lier à des gens de ton âge. De quoi sera fait l'avenir ? Quelle sera ta vie ? Où seras-tu ? Je rentre en panique si j'imagine dans quelle solitude tu risques d'être plongé. Avec quatre-vingt-quinze contacts dans ton portable, on pourrait pourtant croire que ta vie sociale est plutôt riche. Pure illusion : tu crées un nouveau contact dès que tu mets la main sur un numéro de téléphone. Les prospectus de restaurants que l'on te distribue dans la rue, une émission de télévision qui affiche son numéro pour inciter le public à participer à des jeux, les numéros de la RATP, de la SNCF, ceux délivrés par la mairie de notre ville, les taxis G7, les Heetch, Uber (mais tu ne prends jamais de taxis seul)... ainsi que tous les lieux où tu te rends : cinémas, piscines, théâtres, hôpitaux... Tu entres bien sûr dans ton portable les coordonnées de tes proches, mais aussi celles des gens que tu rencontres pour la première fois. Que tu sois amené ou pas à les revoir ne change rien à l'histoire, tu ne fais pas de différence et je ne suis pas toujours à tes côtés pour les prévenir qu'ils risquent d'être submergés sous tes SMS plusieurs fois par jour des semaines durant et que c'est à eux de fixer avec toi des limites que tu es incapable de poser toi-même. Ils sont harcelés par les mêmes questions lancinantes : « Pierre tu es où ? Bisous. AS », « Mais là tu fais quoi Pierre ? Bisous. AS », « Quelle station de métro Pierre ? Bisous. AS ». Tu n'effaces jamais un contact. Même pas celui de ta copine Julie. Elle te laisse des messages, je crois qu'elle aimerait bien te revoir, mais tu ne lui réponds plus. Tu es définitivement fâché avec elle. À côté de son prénom, tu as écrit « Connasse » en guise de nom propre.

À dix-sept ans, tu t'inscris sur Facebook. Tu vois ta sœur et tes demi-sœurs rivées sur leur écran, totalement accros, et tu comprends très vite la manière dont ce réseau social fonctionne. C'est pour toi le mode de communication idéal, rien ne peut a priori mieux te convenir que d'entretenir des relations virtuelles, qui ne t'imposeront pas de sortir avec tes nouveaux amis, de leur parler de vive voix, où tu auras le temps de réfléchir à ce que tu peux leur répondre ou demander. C'est un échec total. Après être devenu ami avec la plupart des connaissances de Lou et de Lola, tu commences par leur poser tes questions habituelles : où ils se trouvent, à quelle heure ils comptent se réveiller le lendemain matin, comment ils sont rentrés chez eux… Elles ne tardent pas à recevoir des commentaires désagréables : « Il est bizarre ton frère », « T'es sûr que c'est ton frère, Antoine ? », « Il nous saoule ». Bref, tu leur mets la honte. Et à mon grand étonnement, elles qui n'ont jamais éprouvé ce sentiment à ton égard, assumant dans la vraie vie tes bizarreries lorsqu'elles sont avec toi et leurs copains et qui, de temps en temps, te poussent à sortir avec elles, n'acceptent pas que ta différence s'affiche sur Facebook. Il y a là sacrilège et atteinte à la personne, il en va de leur réputation Facebook. Ta sœur est même paniquée, au bord des larmes et j'avoue qu'elle m'a rarement autant exaspérée que durant cet épisode. On ne se gêne pas non plus pour te dire, sur Facebook, ce que l'on pense de toi : « Ça ne te regarde pas », « Lâche-moi », « Espèce de débile », « Tu m'oublies, connard »…

Nous tentons bien de te faire comprendre comment marche ce réseau, l'absurdité de tes questions et ce qu'elles peuvent avoir de déroutant, mais tu ne parviens pas à t'adapter, tu ne saisis pas ce qu'il y a de mal à demander à Untel s'il a déjà pris le nouveau tramway ou pourquoi il t'envoie promener lorsque tu tentes d'engager la conversation sur les lignes du métro parisien. Nous finissons par supprimer ton compte avant que cela ne devienne ingérable et que les insultes te causent trop de peine. S'il est pour moi une chose insoutenable, c'est que l'on se moque de toi, que tu te sentes seul parce que l'on t'a rejeté.

Après que tu es entré dans ma vie, j'ai souvent repensé à Mimile, qui vivait dans le village où tes grands-parents ont une maison de campagne. Il est décédé il y a quelques années. Enfant, je l'ai croisé des dizaines de fois pendant les vacances, toujours solitaire, marchant sur le bord de la route principale qui longe les vignes. Je ne le vois que là, comme si je ne l'avais jamais aperçu ailleurs. Un grand échalas, les cheveux bruns, vêtu de noir et de gris, le dos voûté. Il était pour moi l'incarnation de la tristesse et de la solitude. Probablement n'était-il pas tel que je le décris, mais c'est en tout cas l'image que moi, gamine, j'en ai gardé. Il me faisait à la fois pitié et peur, Mimile. Peut-être parce que j'avais entendu dire qu'il avait un « pet au casque ». Son physique – il me faisait penser à un corbeau – et sa façon d'être n'arrangeaient rien. Je m'en veux de ne pas lui avoir souri plus souvent, dit bonjour plus volontiers et d'avoir même pressé le pas lorsque je le croisais. Il devait lire la crainte dans les yeux de certains enfants, percevoir l'évitement, alors qu'il n'était pas méchant pour deux sous. Peut-être était-il autiste ? En l'occurrence, cela n'a plus d'importance, il était différent, étrange, un peu fada, Mimile, voilà tout. Tu es certes d'un abord plus facile, tu es même tout son contraire, mais tu pourrais très facilement, et pour d'aussi mauvaises raisons, être rejeté comme il l'a été. Tu vivrais à la campagne, où tout le monde se connaît, où les nouvelles vont vite, et il suffirait de deux ou trois personnes qui lâcheraient : « Il est bizarre Antoine, il est gentil, mais on sait pas bien ce qu'il a » pour que les enfants ricanent dans ton dos ou fassent quelques pas de côté lorsque tu irais à leur rencontre. Et aucune chance que ces signes d'exclusion t'échappent.

Ce que tu me dis parfois à demi-mot n'est pas pour atténuer ma crainte que tu vieillisses seul. Je me souviens du jour où je t'ai dessiné notre arbre généalogique, que tu appelles d'abord l'« arbre archéologique ». Appréhender les liens qui unissent les membres de notre famille, en distinguer les différentes générations, pour toi qui as vingt ans, sont des notions toujours très confuses. Tu crois que mon beau-frère est mon frère ou, plus grave – et un peu vexant –, que ma sœur est ma mère et ma mère, ma grand-mère. Tu sais les liens qui te relient, toi, directement à ces personnes, mais pas les liens qui nous unissent entre nous. De même que je te rappelle assez régulièrement que ta sœur est ta petite sœur, puisqu'elle est née deux ans et demi après ta naissance : ça t'est très difficile à intégrer, car dans la vie de tous les jours, les faits ne cessent de te démontrer le contraire. Ajoutons que le contexte familial n'est pas pour simplifier les choses : tu es de tout côté, avant et après ta naissance, cerné par les familles recomposées : ta mère, ton père, ton beau-père... Même moi, des fois, je me perds. Je commente mon croquis au fur et à mesure que je le dessine et finis par les prénoms de la dernière génération : ta sœur et toi, tes demi-sœurs, tes cousins germains. Je t'explique que d'autres enfants, pas encore nés, prolongeront cet arbre, mais tu me réponds tout net : « Pas moi ! » Je te rétorque que tu n'en sais rien, tu as la vie devant toi, il peut se passer plein de choses et tu auras peut-être une amoureuse. Tu me souris doucement, ton regard est résigné, tu n'insistes pas. Tu sens bien que tu touches là une corde sensible chez ta mère, mais tu es convaincu que ce ne sera jamais pour toi. Et j'ai le cœur à la renverse.

Roule, roule…

Installation dans ton siège bébé. Contact. Le moteur tourne. Première, seconde, troisième, doucement, plus doucement… trop tard ! Tu as déjà vomi. Je crois que le seul voyage où tu n'as pas été malade les six premières années de ta vie a été celui où ton père et moi t'avons ramené de la clinique jusqu'à notre appartement, après ta naissance. Très vite, l'idée de prendre la voiture en ta compagnie m'a mis les nerfs à vif. Arriver à destination n'était pas chose aisée, notre voyage étant assujetti à de nombreux arrêts aux stations essence. Et puis, du jour au lendemain, non seulement tu n'as plus jamais été malade en voiture, mais tu as adoré les heures passées à bord. Éric et toi, au retour de votre semaine de ski l'année dernière, avez fait un périple de vingt-quatre heures, et c'est l'un des plus beaux souvenirs de ta vie. Tu n'as pas quitté des yeux ton GPS, vous avez fait le tour de France et c'était, m'as-tu dit, « magnifique ». Tous les facteurs étaient réunis : les embouteillages, la tempête de neige, les chaînes cassées, les détours et ta mère restée à Paris, qui ne pouvait te gâcher ce merveilleux moment en piquant une crise dans la voiture.

Mais ce que tu préfères à tout au monde, ce sont les trains. Tu n'es pas une exception, de nombreux autistes éprouvent la même fascination pour le rail. Deux raisons principales à cet amour irréductible : les trains sont en mouvement et, au départ ou à l'arrivée, fiables et prévisibles car dotés d'horaires. Tu aimes coller ton nez à la vitre du wagon, observer le paysage qui défile à grande vitesse. Plus rien d'autre n'existe, tu es hypnotisé. Tu pourrais passer ta vie dans un train qui roule et, si j'en avais les moyens, je t'offrirais un voyage en Orient-Express. Les trains en retard te perturbent drôlement et quand tu en es victime, c'est un sujet récurrent les semaines suivantes. Tu le vis comme une trahison : « Tu te souviens, maman, qu'on est arrivés avec quinze minutes de retard, hein, tu te souviens ? Mais pourquoi il était en retard ? J'ai détesté ça. » Pour Noël ou ton anniversaire, tu demandes de l'argent pour partir en voyage à Londres, Bruxelles ou Amsterdam et pouvoir ainsi voyager à bord de l'Eurostar ou du Thalys. Une fois à destination, même si te transformer en touriste et te balader le nez au vent, sans emploi du temps précis, est une épreuve, tu éprouves avec les années de plus en plus de plaisir à arpenter les villes, visiter les musées, aller au restaurant. Malgré tout, tu ne penses qu'au trajet de retour. Et pour nous autres, qui souhaitons déconnecter de la vie parisienne quelques jours durant, c'est impossible : tu ne cesses de nous rappeler l'heure du départ et de nous demander quand tu pourras faire ta valise.

La SNCF devrait faire appel à des personnes atteintes de troubles autistiques pour communiquer. Pourquoi ne pas créer une fondation, dont les fonds récoltés permettraient aux autistes de gagner des voyages à bord de ses trains ? Ils feraient de formidables ambassadeurs pour l'entreprise. À condition que les trains arrivent à l'heure et que leurs conducteurs ne soient pas en grève…

Grâce à l'appli de la RATP, tu suis sur ton portable les informations trafic de toutes les lignes de métro. Tu me tiens au courant des incidents « techniques » ou « voyageurs » et des stations fermées pour cause de travaux. J'ai beau te dire que l'on s'en fiche un peu puisque nous sommes en train de dîner et ne comptons pas sortir, non, ce sont pour toi des informations capitales et captivantes.

Personnage fictif

Lors des déjeuners en famille, tu mêles parfois ton rire à celui des autres après que quelqu'un a narré une histoire ou une anecdote. Il sonne faux et pour cause : tu n'as pas pu goûter la drôlerie du propos. Je crois savoir ce que tu peux comprendre ou pas, je connais les limites de tes facultés mentales qui, certes, évoluent avec le temps, mais très doucement. Les deux ou trois premières fois où je t'ai surpris à te comporter ainsi, je t'ai réprimandé : « Antoine, arrête de rire, tu te forces, ce n'est pas la peine, c'est nul. » Mes remontrances t'ont mis mal à l'aise, c'était cruel de ma part, mais il m'était insupportable de te voir faire semblant, de tenter d'entrer dans la danse de manière aussi maladroite. Tu renverses la tête en arrière, ris à gorge déployée pour te sentir avec nous, comme nous, et je crains que ton attitude, qui ne trompe personne, provoque la pitié, mette les convives mal à l'aise, ce que je veux éviter à tout prix.

La dernière fois que nous sommes allés au cinéma ensemble, c'était un dimanche. Sur le chemin du retour, tu nous as dit, à Éric et à moi, que tu n'avais « pas envie de reprendre le travail ». Nous avons marqué un temps d'arrêt et t'avons demandé quel était ton programme du lendemain à l'hôpital de jour : « Musculation, relaxation et piano. » J'ai ri un peu jaune et tenté de t'expliquer que ce n'était pas exactement ce que l'on appelle une journée de travail. En vérité, tu le sais bien, mais tu répètes une phrase que tu entends régulièrement, en particulier le dimanche soir. Tu n'avais simplement pas envie d'aller au centre et aimes parfois penser et dire les mêmes choses que nous. Pour ce qui te concerne, toute ressemblance avec des personnes ou des situations existantes ou ayant existé ne saurait être fortuite.

Tout va trop vite

Tu as quitté l'IME pour intégrer une Classe pour l'inclusion scolaire (Clis, depuis rebaptisée Ulis, Unité localisée pour l'inclusion scolaire) dans un établissement privé du XIIe arrondissement, à Saint-Michel-de-Picpus, où tu passes les deux années suivantes. Les Clis accueillent au sein d'une école un petit groupe d'enfants présentant le même type de handicap. Ton institutrice est une femme très compétente et tu bénéficies d'une vraie prise en charge. On fait attention à vous, tente du mieux possible de vous intégrer aux autres élèves, notamment en préparant un formidable spectacle, qui a lieu en fin d'année scolaire. Les enfants neurotypiques y participent et vous épaulent.

Hélas, tu as sauté une étape que tu n'étais pas prêt à franchir. Tu veux une fois de plus revenir en arrière, on t'en demande trop et tu ne comprends pas pourquoi c'est impossible. Aller de l'avant ? Tu n'en vois pas l'intérêt. À peine, au bout de deux ans, t'es-tu laborieusement habitué à cet établissement qu'il faut te préparer à oublier tout ce que tu as encore une fois réussi à mettre en place tant bien que mal pour en intégrer un nouveau. Encore une fois, tu as atteint la limite d'âge. Ton orientation pose un problème. Personne ne sait réellement quoi faire de toi. Tu n'as guère accompli de progrès ces deux dernières années. On nous a conseillé deux autres Clis. La première est intégrée à un lycée qui enseigne les métiers de la vente, la seconde fait partie d'une vaste fondation et prépare également à la vie professionnelle, avec de nombreux stages à la clé. Il est obligatoire, pour ta journée d'intégration dans le premier établissement, que tu sois vêtu d'un costume. Nous allons l'acheter ensemble, ainsi qu'une chemise blanche. Que fais-tu accoutré ainsi, déguisé en jeune homme prêt à se lancer dans une carrière commerciale ? Je préférerais t'offrir un habit de clown ou de Dark Vador, si tu n'avais pas en horreur les déguisements. Tout cela est ridicule, mais tu gardes le silence, docile. Des jeunes filles vêtues de tailleurs stricts et des garçons en costumes sombres patientent devant la grille du lycée. Je te dis que tout va bien se passer, mais n'en crois pas un mot. Avant que vous entriez, un cerbère vous inspecte rapidement des pieds à la tête, vérifie que vous portez la tenue adéquate. Puis la grille se referme très vite. Il n'est pas question ici d'avoir le moindre retard. Je reste plantée là comme une cruche. Tu es pris au piège, je viens de te balancer dans la jungle. Pourquoi me suis-je prêtée à ce simulacre ? Renfermé sur toi-même, angoissé par les mille et une choses de la vie, tu as de la peine à écrire, à lire, et je t'envoie passer un CAP d'employé de vente spécialisé ! Est-ce une raison, parce que je n'ai le choix qu'entre deux établissements, de t'infliger cela ? Après tout, pensé-je sur le chemin du retour, je ne suis pas en classe avec toi, peut-être ne suis-je pas réaliste sur tes capacités et ai-je tendance à aggraver ton cas. Cette école, on me l'a bien conseillée, n'est-ce pas ?

Tu auras consacré aux métiers de la vente une journée de ta vie. Je t'appelle du bureau en fin d'après-midi pour te demander comment tu t'es débrouillé et tu me réponds d'un laconique « Bien ».

Je ne réussis pas à en savoir davantage, mais je reprends un peu espoir. La directrice de l'établissement me téléphone dès le lendemain pour m'annoncer que ton admission est inenvisageable. Le programme est bien au-delà de tes capacités et tu as léché ton assiette lors du déjeuner à la cantine, ce que tu n'as jamais fait devant moi. Ainsi, le message de la directrice est tout aussi clair que le tien : il est hors de question que tu remettes les pieds dans ce lycée.

Quelques jours plus tard, je donne ton costume.

Fantasme

Ils s'engouffrent dans le wagon du métro. Ils ont terminé leur journée au lycée, parlent un peu fort, chahutent gentiment. Je détaille leur tenue, examine les blousons, chaussures et sacs à dos à la mode, observe leurs comportements, devine leur milieu social, relève une nouvelle expression. Je suis leurs gestes, timides, assurés ou provocants, leur façon de tenir leur portable, d'envoyer des SMS ou de regarder des vidéos. As-tu le même âge qu'eux ou sont-ils un peu plus jeunes ou un peu plus âgés ? Plus le temps passe et moins j'arrive à placer le curseur, puisqu'il m'est impossible d'établir des points de comparaison avec toi. Je suis bien meilleure pour donner un âge aux filles.

Certains jours, je m'imagine que l'un d'eux est mon fils. Celui-là, tiens, hâbleur et parlant fort, qui n'a de cesse de se regarder dans la vitre pour remettre sa mèche sur le côté. C'est à coup sûr un charmeur, une grande gueule, le meneur de la bande. En fait non, pas lui, il m'énerve déjà, surtout la mèche. Plutôt celui qui se tient un peu à l'écart du groupe. Il me touche. Il est maladroit, réservé et tente de se faire une place dans la bande en se forçant à rire un peu trop fort. J'imagine l'un ou l'autre rentrer à la maison, balancer son sac dans l'entrée, peut-être me raconter ce qu'il voudra bien de sa journée. Je suis là, une mère comme une autre, et mes inquiétudes ne pèsent pas grand-chose : un peu de relâchement dans les notes, trop de bavardages en classe, une crise d'adolescence difficile à gérer. Je regrette qu'il ait arrêté le piano ou le basket, je connais certains de ses amis depuis toujours, il a une petite copine, il est déjà plus grand que moi et cet été, il part à Berlin. Son père et moi sommes bien entendu fiers de lui, nous ne nous posons même pas la question, c'est une évidence. Dans ces moments-là, je ressemble à un fumeur qui a arrêté la cigarette et inhale la fumée de son voisin, à pleins poumons. Mon attitude est immature, je suis pathétique et j'ai un peu honte vis-à-vis de toi lorsque je fantasme ainsi. J'ai l'impression de te trahir.

Dernièrement, Éric et moi sommes allés à un concert privé de Christophe à la Maison de la Radio. Le groupe français Radio Elvis assurait la première partie. Tandis que j'écoutais et regardais le leader, Pierre Guénard, je me disais qu'il avait à peu près ton âge. J'aurais été émue de te voir sur scène, fière d'avoir un fils chanteur et musicien. Je me demandais aussi à quoi pouvaient bien ressembler ses parents. Tu aurais pu être lui, songeais-je avec un peu de tristesse, lorsque ton beau-père m'a chuchoté à l'oreille : « Il a l'âge de ton fils, non ? » Il voulait signifier ainsi à quel point Pierre Guénard faisait jeune. Sa remarque enjouée disait également que si nous étions arrivés tous les deux au même moment au même constat – que le chanteur de Radio Elvis est un gamin –, il ne nous menait pas vers le même genre de réflexions.

Tu aurais aussi pu être un enfant, puis un jeune homme comme Théo, le fils de mon meilleur ami Manu, né cinq mois avant toi et que j'ai toujours connu. Voilà qui aurait été dans l'ordre des choses, banal. C'est pourtant totalement inimaginable aujourd'hui. Quelques semaines seulement vous séparent, les photos qui vous montrent ensemble lorsque vous étiez encore petits ne marquent aucune différence, mais il y a aujourd'hui, aussi bien physiquement qu'intellectuellement, un monde entre vous deux.

Ces conjectures à tendance masochiste me procurent toujours des sensations vertigineuses, l'impression de toucher du doigt une réalité qui s'évanouit dès qu'elle sent le contact de ma main.

Tes anniversaires

J'en ai assez de tes questions qui sont toujours les mêmes, de te voir manger depuis quinze ans les mêmes gâteaux à la même heure, de tes multiprises qui envahissent ta chambre, de ton emploi du temps que tu ne cesses de me ressasser, de tes mensonges pour ne pas faire tes devoirs, de tes obsessions, de tes doigts dans ta bouche, de ton pouvoir de résistance, de te voir assis toujours à la même place. J'en ai assez de te couper les ongles des pieds, de t'acheter des chaussures à scratchs parce que tu ne sais pas faire tes nœuds, de t'engueuler parce que tu te laves les cheveux avec du gel douche… Cette lassitude est un avant-goût de ma tristesse. Avec toi, je ne vois pas venir certains chagrins.

C'est ce qui m'arrive le jour de tes dix ans. Tout un symbole, un âge à deux chiffres. Je devrais me réjouir, mais j'en suis incapable. Quoi qu'il arrive, me dis-je, tu seras passé à côté de l'insouciance, des fous rires, des apprentissages, des émerveillements et des petites inquiétudes. Tu en as été privé, mon échec pèse lourd. Ma vie avec toi défile, je fais mes adieux à l'enfance que je t'avais imaginée. Que t'ai-je offert ? Un amour fragile, impatient et insatisfait. Il te faudrait une mère forte, pourvue d'un optimisme à tous crins, des encouragements, qu'on y arrivera vaille que vaille, des rires sans faille. Je ne suis pas cette mère-là et ce matin, je m'en veux. Mes craintes, ma déception éclatent trop souvent au grand jour, égoïstes, hystériques et indécentes.

Il me faut pourtant faire bonne figure, nous allons fêter ton anniversaire en famille chez ta grand-mère. La double peine quand je ne rêve que d'une chose, fuir tout le monde, t'échapper et, surtout, ne pas devoir faire bonne figure devant les autres. Nous sommes assis autour de la table, toi sur mes genoux pour souffler tes bougies. J'ai baissé la tête, ma tristesse ne doit pas transparaître sur les photos de ma sœur. Peine perdue : j'y ai l'air défaite. Dans le fond, ton âge ne signifie pas grand-chose. Tu es né il y a dix ans, c'est la réalité, mais tu ne fais rien comme les enfants de ton âge et l'écart n'a cessé de se creuser, mois après mois, année après année. Derrière les rires et l'ambiance festive se cache chez chacun d'entre nous un peu d'inquiétude. Nous faisons tout pour que ce soit un anniversaire comme les autres, insouciant et joyeux, mais ce n'est pas, me semble-t-il, tout à fait le cas. Il y a là une faille et personne n'est dupe.

Tes anniversaires restent pour moi des moments un peu étranges : j'ai l'impression de me retrouver dans un no man's land, de fêter un événement qui ne correspond à rien de connu. Après tout peu importe, devrais-je me raisonner plus souvent, on se fout de mes états d'âme et l'essentiel est que tu apprécies la fête organisée en ton honneur, ce qui est le cas.

Et maintenant que tu as vingt et un ans, tu es encore plus éloigné des jeunes hommes de ton âge. Je continue de signer des autorisations de sortie, des parents m'appellent pour t'inviter à un anniversaire, tu vas au cinéma voir des films pour petits, tu lis des livres pour enfants en suivant les lignes avec ton index, tu récites tes tables de multiplication, tu fais des petites dictées, et c'est étrange de se sentir vieillir soi-même, d'accompagner ses autres enfants vers l'âge adulte, de s'adapter à leur nouvelle indépendance, de se sentir parfois dépassé par eux et de revenir sans cesse vers toi pour partager un temps à part, figé. Pour ne pas sombrer, il faut avoir le sens de l'humour et pratiquer l'autodérision à hautes doses.

« Quel âge a Antoine ? me demande une journaliste pigiste que je fais travailler régulièrement. — Dix ans. — Ah ! Mais c'est un âge formidable. Ils ne sont pas encore dans l'adolescence, on peut les emmener partout, ils sont curieux... — Oui, c'est le bel âge », réponds-je de ce ton sec qui coupe court à toute conversation te concernant. Mon interlocutrice va pénétrer une zone sensible et je préfère la laisser en dehors. Pas envie de m'épancher et de lui confier que j'ai un fils extrêmement original qui a fait de moi une mère peu banale. Les jours de déprime, avoir un enfant handicapé est une formidable aubaine pour creuser sa peine sans fin.

Joyeux Noël !

Lorsque tu étais tout petit, tu redoutais Noël. Ce jour-là, tu allais te réfugier sous la table de la cuisine. Tu te bouchais les oreilles avec tes pouces, un geste que tu faisais très régulièrement, et refusais de nous rejoindre dans le salon pour ouvrir tes cadeaux. C'est probablement l'une des choses les plus stupéfiantes que tu m'aies données à voir, et pourtant, mon catalogue ne manque ni de situations incongrues ni d'attitudes extraordinaires. Alors que j'ai de formidables souvenirs de tous mes réveillons en famille et que, une fois adulte, j'y prends presque autant de plaisir que lorsque j'étais enfant, tu vivais, toi, un supplice. J'aurais tellement aimé, puisque c'était toujours la même maison qui nous réunissait tous des années plus tard, avec la même générosité, le même bonheur pour chacun d'entre nous, que ce jour-là, juste celui-là, tu sois un enfant comme les autres, impatient et surexcité de découvrir ses cadeaux. Il a fallu attendre des années avant que tu nous demandes dans combien de mois, de jours aurait lieu Noël. Ce ne sont pas les cadeaux qui t'intéressent, mais la perspective de nous savoir tous ensemble et de pouvoir tenir un décompte jusqu'au jour J. Je crois avoir compris pourquoi tu allais autrefois te cacher : excepté ton train en bois, ton toboggan à billes et ta toupie, tu ne comprenais ni l'utilité ni la joie que l'on pouvait retirer des multiples présents que nous t'offrions. Pour toi, ils étaient semblables à des ovnis. Histoire de rajouter un peu de pression, nous avions tous les yeux rivés sur toi lorsque tu tentais de défaire les emballages, attendant de lire sur ton visage une marque d'intérêt, de contentement, qui venait rarement. Peut-être aussi y avait-il brusquement trop de monde, trop de bruit, trop de cadeaux dans la maison. Trop de trop.

Aujourd'hui encore, Noël se transforme en un sympathique casse-tête lorsque des proches me demandent ce que tu souhaites. Tu as toujours une ou deux idées de nouveaux outils informatiques, mais guère plus. Enfant, tu ne m'as jamais confié une liste de cadeaux. Quant au père Noël, il t'a toujours laissé indifférent, tu n'y as jamais cru, l'espèce humaine étant, je suppose, déjà assez compliquée comme ça.

Ta chambre

Un étranger visiterait ta chambre, charge à lui de deviner l'âge de son occupant. Dans son inventaire, il noterait un lit une place, un bureau en bois sobre de style scandinave, des ordinateurs et tablette branchés de tous côtés, de nombreuses multiprises, un plan de métro et un autre de Paris punaisés sur les murs, de nombreux livres sur les trains, les animaux, la météo, un dictionnaire junior, des atlas, deux sacs contenant l'un un toboggan à billes, l'autre un train en bois, et encore une chaîne stéréo, des CD, des jeux de société, trois tirelires vides et une station d'accueil radiophonique pour un portable. Cet inconnu, je suppose, donnerait sa langue au chat ou, au mieux, oscillerait entre huit et quinze ans. Si je devais quant à moi ne garder dans ta chambre que les objets, livres et jeux auxquels tu t'es intéressé un jour, il ne resterait pas grand-chose et cette pièce aurait un triste aspect. Je fais partie de ceux qui aiment jeter. Je déteste accumuler les objets, sous prétexte que ça peut resservir un jour. J'éprouve une irrésistible envie de tout bazarder. Ta chambre est mon exception : j'ai peur du vide que je pourrais y faire régner si je procédais comme dans les autres pièces de la maison. Je préfère la conserver telle quelle, avec son côté un peu artificiel, qui triche gentiment avec la réalité mais me rassure.

Tu as sur ta commode un cadre photo en trois parties, aux bords argentés, un cadeau de ta grand-tante. Il affiche trois générations de blonds aux yeux bleus. Ils sont physiquement aux antipodes de notre famille, composée de bruns aux yeux marron, sans exception. Nous n'avions que l'embarras du choix dans nos albums photo pour remplacer ces portraits factices par les nôtres mais tu as refusé, malgré mon insistance. « Ce n'est pas la peine, ils sont bien », m'as-tu répondu. Les premiers temps, j'ai fait un effort pour ne pas les remplacer à ton insu. Mais après tout, c'est ta chambre, ton cadeau, et cette idée saugrenue de laisser les choses en l'état, c'est tellement toi que je souris à chaque fois que je nettoie ce cadre.

Un homme, un vrai

De 9 heures à 16 heures, tu étudies, fais un peu de sport mais, surtout, cette nouvelle Clis, située dans le XVIe arrondissement de Paris, que tu intègres alors que tu as quinze ans, doit te préparer à une « insertion sociale et professionnelle en milieu ordinaire de travail ». Trois fois dans l'année, tu es censé, selon tes aptitudes et tes envies, effectuer des stages en entreprise, en restauration ou en horticulture. Dès le mois d'octobre, tu as des devoirs : apprendre à rédiger ton CV, écrire des lettres de motivation, concevoir un organigramme et, un peu plus tard dans l'année, écrire tes rapports de stage... Tout cela est très prenant, car totalement hors sujet pour toi. Chaque soir, alors que nous sommes assis tous les deux autour de la table du salon, je me demande pourquoi je t'inflige une telle punition. Te faire lire *Être et Temps* de Heidegger ou te sommer d'apprendre le dictionnaire par cœur ne t'aurait pas paru moins compliqué et à moi plus absurde. Nous sommes en pleine abstraction. Ce CV sur lequel nous nous triturons les méninges pour trouver quoi écrire d'autre que ton état civil et les établissements par lesquels tu es passé, ces lettres de motivation qui ne démontrent que ta profonde démotivation, ces organigrammes qui ressemblent, une fois achevés, à des soucoupes volantes, enfin, ces rapports de stage dans lesquels tu ne parles que de l'heure à laquelle tu es arrivé et quel moyen de transport tu as emprunté, nous valent des heures de cauchemars et des conversations épiques, où je tente de savoir comment se déroulent tes journées lors de ton stage en horticulture afin de t'aider à écrire le compte rendu qui t'est demandé. « J'ai ramassé les feuilles mortes, m'annonces-tu.

« D'accord, on va l'écrire, et quoi d'autre ?

— Rien.

— Mais tu ne ramasses pas les feuilles mortes de 9 heures à 16 heures, tu fais bien autre chose, ce n'est pas possible, Antoine ! Réfléchis, essaie de te souvenir, tu m'as déjà dit cela hier et avant-hier.

— Non, c'est tout.

— Bon… cela ne va pas faire lourd sur la page… Et cela t'a plu ?

— Non », me réponds-tu sans marquer la moindre hésitation.

S'il y a eu un problème technique dans le métro à l'aller ou au retour de ton trajet, tu es content, c'est une ligne de plus sur la page de ton rapport. Moi aussi, je suis contente, et pour les mêmes raisons que toi : cela fait moins vide.

Tu vis alors avec tes démons, personne flottante, absente et fragilisée à nouveau du fait que l'on t'a encore changé d'école. À peine es-tu posé quelque part, un peu rasséréné, que nous repartons pour un tour dans les recherches d'établissements, rendez-vous, entretiens, stages… et lorsque l'on sait à quel point les personnes atteintes de signes autistiques sont perturbées par les changements, on ne peut que déplorer cette mise à l'épreuve qui semble ne jamais devoir cesser. Et compatir.

Tu te braques contre cet institut avant la fin de la première semaine. Tu es terrorisé et lorsque tu es dans cet état, tu fais un peu n'importe quoi. Ton instituteur te prend en grippe dès le premier jour. Il faut le comprendre : il se demande ce que tu fiches là. Il s'est opposé à ton admission et ton grand-père et moi avons fait le forcing car, pour notre défense, nous n'avions pas d'autre choix.

J'étais paniquée, la rentrée approchait et nous ne pouvions te garder à la maison. On ne m'avait proposé que deux établissements : celui où tu avais tenté une brillante carrière dans les métiers de la vente et celui-ci. Tous les autres instituts affichaient complet, tu n'avais pas l'âge requis – trop jeune ou trop âgé –, l'endroit était inadapté à ton handicap ou encore, tu vivais dans le 75 et il y avait bien une place vacante ici, mais dommage, nous n'habitions pas dans le 92. Il fallait bien que ton instituteur se venge de sa défaite. Rien de plus facile, il t'a sous la main toute la journée lorsque tu n'es pas en stage professionnel. Tu veux l'amadouer en tentant de l'embrasser et de lui faire des câlins tous les matins lorsque tu arrives en classe, mais il n'aime pas beaucoup ça, les douceurs. Il va faire de vous des hommes et il n'est pas du genre à se laisser attendrir : « J'ai prévenu Antoine, hein. Une fois, deux fois, trois fois, qu'il devait cesser les caresses sur le bras et les embrassades, mais il ne veut pas comprendre. Alors je lui ai donné une punition, écrire le mot "flagornerie" trente fois. » Nous essayons, ton père et moi, d'expliquer à cet imbécile heureux que ton attitude, certes très immature, est le signe d'une grande angoisse et d'un besoin de se sentir rassuré. La flagornerie est, faisons-nous également remarquer, un sentiment fort éloigné de tes préoccupations actuelles. En guise de réponse, nous voyons un grand vide envahir ses yeux.

Que ce soit en horticulture ou en entreprise, tes stages au sein de cette Clis se révèlent tous catastrophiques. Sauf un, celui que tu effectues auprès d'une photographe de la presse écrite. Mais il y a deux bonnes raisons à cela : Christine est mon amie et elle est avec toi d'une patience infinie. En dehors de cet épisode particulier, tu te sabordes à chaque nouvelle tentative. Tu fais preuve à chaque fois d'une imagination débordante, allant jusqu'à voler des pièces de monnaie, des multiprises ou des clés USB à tes collègues de travail. Pourtant, Catherine, la personne responsable des stages, est une femme épatante. Elle te protège, usant avec toi de douceur et de persévérance. Elle ne te laisse jamais tomber et ne cesse de te répéter que tu es capable. La quatrième et dernière année, elle ne doit plus trop croire en tes capacités, mais n'en laisse jamais rien paraître.

Je découvre quant à moi ton pouvoir de résistance. Dans la peine, dans la colère, tu es un roc qui ne fait que dire « Non, non et non » à tout ce que l'on te propose. Rien ne te fait fléchir et j'ai l'impression de me revoir adolescente. Butée, inflexible, intouchable dès que l'on tentait de me faire plier en usant d'autorité, prête à me rendre très malheureuse plutôt que de céder. Tu t'es refermé sur toi-même et tes démons s'en donnent à cœur joie. Entre nous deux, ces quatre années me semblent sans fin, elles sont épouvantables. Je suis entrée dans une spirale infernale, t'obligeant à faire ce que l'école exige de toi, te harcelant, de peur que tu ne te fasses encore remarquer ou coller. À la maison, l'ambiance est plombée. Notre fureur a pris le dessus sur tout le reste. Je te harcèle pour que tu fasses tes devoirs – notés dans ton agenda mais que tu recouvres de Tipp-Ex afin que je ne puisse pas lire –, pour tes exposés, pour que tu te laves, pour que tu lâches ton ordinateur, pour que tu changes de vêtements, pour que tu me dises pourquoi tu m'as encore menti alors que tu avais promis, alors que, alors que… C'est devenu notre mode de fonctionnement. Je te gifle lorsque je n'en peux plus et la honte, immanquablement, me submerge alors que ma main est encore levée sur toi. Il faut dire que tu as un don : celui de pousser les gens à bout.

Alors que tu viens d'entamer ta troisième année, l'institut me demande des photos d'identité. J'ai un choc lorsque je les découvre : le malheur est inscrit sur ton visage émacié, ta bouche forme un rictus, les pupilles de tes yeux bridés sont minuscules, ton regard est sombre. Tes traits sont durs, marqués. On dirait un bagnard. Il est impossible de te donner un âge. Comment avons-nous pu en arriver là ? Comment ai-je pu me tromper à ce point ? Un enfant handicapé paie bien plus cher qu'un autre les erreurs et manquements de ses parents ou des adultes qui l'entourent. Une faute de parcours et il lui faudra des années pour s'en remettre. Sa fragilité aura repris le dessus, la confiance en soi, acquise si difficilement et lentement, disparu. Il aura régressé et il ne suffira pas d'un peu plus d'attention à son égard ou d'une ou deux explications de texte pour que tout rentre à nouveau dans l'ordre. Le mal est fait. Et durable.

Vite, tout va vite

Tu n'aimes pas les scènes violentes ou qui montrent des blessés et des morts. Tu es même assez mécontent après une séance de cinéma, si tel a été le cas. Nombreux sont les films qui t'échappent : s'ils touchent à un problème de notre société, abordent d'autres cultures, d'autres époques ou font appel au second degré, tu es largué. Nous allons voir ensemble *Good Luck Algeria* de Farid Bentoumi, avec Sami Bouajila. J'imagine que cette comédie, qui se déroule à la montagne, peut te plaire, à toi qui aimes skier. Nous sommes installés dans nos fauteuils, je te regarde du coin de l'œil, tu es immobile, le dos droit, ton bras dépassant un peu de ton accoudoir et m'obligeant à me pousser pour te faire de la place. C'est raté, tout t'échappe, ces deux types au bord du dépôt de bilan qui fabriquent des skis 100 % français, les banques qui ne les suivent pas et les incitent à vendre leur entreprise, le père algérien et son attachement à son pays natal... Pour que tu ne perdes pas complètement pied, je t'explique à voix basse ce que je pense être compréhensible pour toi, qui pourrait te raccrocher au récit qui se déroule sous nos yeux. Voir un film ensemble est une drôle de métaphore de notre vie à tous les deux : je te traduis à l'oreille ce qui se passe à l'écran, ce que tu dois absolument comprendre pour ne pas te sentir définitivement hors jeu, mais tout va trop vite, te dépasse, impossible d'appuyer sur pause pour que tu aies le temps d'assimiler les informations. Hélas, l'histoire continue sans que tu puisses en rattraper le cours.

K-O

Tu entames ta quatrième et dernière année dans cette Clis du XVIe arrondissement et nous sommes tous deux laminés. Tu me donnes l'impression d'être passé sur un ring de boxe. Tes plaies sont nombreuses, tu as pris des coups, tu en as donné pas mal avec tes moyens à toi, maladroits et manquant de punch, mais tu es un sacré roi de l'esquive. Le peu d'assurance que tu as acquis par le passé, encore si fragile, s'est envolé et il y a de quoi : avec les années, tes camarades de classe ont plus ou moins évolué dans leur parcours professionnel – je n'irai pas jusqu'à dire qu'ils respirent le bonheur –, tandis que tu n'as fait que tourner en rond. Tu es K-O. Moi aussi. Je n'arrive plus à t'aimer, et cela m'effraie. Je suis arrivée à saturation et je ne sais comment faire machine arrière.

Lors de notre rendez-vous mensuel au CMPP, ton psychiatre réitère sa proposition, comme à chaque consultation, de te placer dans un hôpital de jour. J'ai jusque-là toujours refusé, mais finalement, c'est peut-être la moins mauvaise solution, et je le lui dis. À chaque rentrée, depuis quatre ans, j'ai tenté de me convaincre que cette fois serait peut-être la bonne, que tu trouverais le stage qui te conviendrait et finirais par aimer cet institut. L'hôpital de jour était alors pour moi synonyme de défaite absolue, tu serais définitivement hors circuit, en marge de la société. Comment en étions-nous arrivés à cette seule possibilité ? J'étais bien consciente de ton handicap, de ton incapacité à vivre pleinement avec nous, comme nous, mais je te savais capable de faire des progrès, tu avais la vie devant toi. Me fourvoyais-je à ce point-là ? Quatre ans plus tard, toi et moi sommes à bout. Ce jour-là, j'avoue au médecin : « Je n'en peux plus, des fois, j'ai envie de le tuer. » Silence. Je n'aurais jamais dû tenir de tels propos, devant toi, devant lui, mais il est trop tard. C'est dit et c'est écrit, ce n'est pas tombé dans l'oreille d'un sourd. Je suis une mauvaise mère, j'ai envie de rire, de pleurer, c'est nerveux, j'ai peur, peut-être va-t-il contacter les services sociaux et te trouver une mère de substitution qui ne sera pas une criminelle potentielle. On ne dit pas des choses comme ça, qu'est-ce qui m'a pris ? Nous quittons le CMPP, il pleut, nous sommes tristes, la grisaille parisienne me tombe dessus, comme si le reste n'était pas suffisant. Nous traversons la rue pour rejoindre le métro. Nous prenons deux lignes différentes : tu rejoins ton école et moi mon journal. Nous nous engouffrons dans les couloirs et tu me parles d'un ton enjoué de la station de métro où tu vas effectuer ton changement, du numéro de la ligne que tu prendras ensuite. Ton discours est le même que celui d'hier, avant-hier, avant-avant-hier… Je m'arrête avant que nos chemins se séparent et te coupe la parole : « Je suis désolée Antoine, je ne pensais pas ce que j'ai dit au docteur, je n'ai jamais envie de te tuer même si tu es vraiment pénible, parfois. Et dis-moi la vérité, cela t'angoisserait d'aller en hôpital de jour ? Il ne faut pas, tu sais, tu m'as dit que ton copain Maxime y allait, qu'il aimait bien que… » À ma stupéfaction, tu t'effondres instantanément, tu pleures doucement, de grosses larmes qui ne demandaient qu'à couler inondent ton visage, et moi aussi je pleure. Nous sommes là, deux grands nigauds plantés près des portiques, dans les bras l'un de l'autre. Je t'enlève tes lunettes, je caresse tes yeux avec le dos de ma main, je te dis que je t'aime, que tout se passera bien, je te le promets et, dans un rire vaille que vaille, te dis aussi que nous devons arrêter de pleurer, sinon tout mon maquillage va couler – en réalité, le mal est fait. Tu me souris. Nous nous aimons tellement et sommes si fatigués l'un de l'autre. Tu es prêt à repartir, à prendre sur toi, comme tous les jours, le cœur pourtant si lourd, mon vaillant petit soldat. Puis nos chemins se séparent.

Mort de rire

Je me souviens, comme si cela faisait partie d'une autre vie, que lorsque tu étais petit, tu avais parfois des fous rires. Lorsque je te chatouillais ou que je jouais pour toi avec ta marionnette lune, la faisant apparaître et disparaître dans son socle, ou que nous regardions la lune, la vraie, se cachant derrière les nuages pour réapparaître quelques secondes plus tard. Un jour, il n'y a plus eu de fous rires. J'en ai pris conscience de manière soudaine, probablement des années après leur disparition. J'essaie de me rappeler les vibrations de ton corps lorsque tu riais aux éclats, la tessiture de ton rire et c'est, avec le temps, de plus en plus flou et irréel, comme un être cher qui sort de notre vie et dont on croyait inscrit à tout jamais dans son être et dans sa chair le son de la voix, les traits du visage, certains des gestes ou son odeur, mais c'est peine perdue, le temps finit par estomper ces traces du passé que nous pensions indestructibles. Et il ne nous reste que des miettes qui disent désormais si peu de l'autre. Cependant, si je ferme les yeux et que le silence se fait autour de moi, il me semble encore entendre le timbre de ton rire, sentir ton corps qui se détend et je retrouve le bonheur rare et sans réserve qui habitait alors ton visage. Je ne l'ai pas rêvé, j'ai des photos où tu sembles si heureux.

Bienvenue

Le premier entretien avec la direction de l'hôpital de jour dure plus de deux heures et je m'en souviendrai toute ma vie. À peine en ai-je franchi la porte que je m'y sens bien. Pourtant, j'arrive à ce rendez-vous, avec ton père et toi, sur la défensive, sans beaucoup d'espoir, fatiguée de tout cela et me préparant à une indifférence polie. Je me trompe. Fait rarissime, nous sommes attendus, on nous souhaite la bienvenue. On nous parle, on nous pose des questions d'une extrême bienveillance. Pourtant, ce ne sont que les préliminaires de ta possible admission, qui est loin d'être acquise. L'établissement n'accueille qu'une vingtaine de patients et les parents à la recherche d'une place pour leur enfant sont fort nombreux, faute de structures adaptées en France. Il y a ici de la souffrance, des empêchements, des cris et des crises, des corps maladroits, des regards qui se perdent dans le vide, des grognements et des grimaces, des tempêtes et des silences.

Impossible d'y échapper ou de se voiler la face. Mais ce que l'on décèle aussi d'emblée, c'est que tout le personnel de cet hôpital de jour, éducateurs, psychiatres, psychologues, professeurs, assistantes sociales, psychomotriciens, infirmières, animateurs… se bat pour vous, leurs patients, au quotidien, vous aime parce que, justement, vous êtes hors normes. Ici, on vous écoute, on vous parle, on vous rabroue, on vous admire, on vous encourage, on vous emmène au restaurant, voir des spectacles, des expositions, on vous apprend les codes de la vie en société, on aborde les choses avec la gravité requise, l'humour indispensable, on parle de vous avec tendresse, on ne baisse jamais les bras, on vous ménage, on temporise, on trouve des solutions. Et si ce n'était pas le cas, si tout cela n'était pas solidement en place comme la chose la plus naturelle au monde, ce serait impossible, invivable, pour eux comme pour vous. C'est un lieu joyeux et grave à la fois. Sur le chemin du retour, je me rappelle avoir pensé tout bas : « Il existe donc des endroits comme cela. » Tu as dix-neuf ans.

Tu vas y effectuer un stage afin que le personnel puisse mieux te connaître, étudier tes comportements, si tu te sens bien dans ce centre et si eux pensent pouvoir t'aider. Mais ton intégration dépend aussi en partie des autres patients. Moïse

Assouline, le directeur de l'hôpital, insiste, avant ta possible admission, sur l'importance de préserver, pour la bonne marche de son établissement, un équilibre entre eux, notamment entre les garçons et les filles, entre les verbaux et les non-verbaux, les autonomes et les non-autonomes…

Moïse Assouline me demande également, ainsi qu'à ton père, d'écrire une lettre à ton sujet, dans laquelle je dois retracer ta naissance, ton parcours, ce que nous avons vécu, de quelle famille tu es issu, comment je vis tout cela… Je n'ai d'abord aucune envie de revenir encore une fois sur les années passées, sur ton parcours, que je ne peux m'empêcher de voir comme une longue et inexorable dégringolade vers l'échec, où nous étions allés de désappointement en désappointement. Je suis vraiment lasse mais, pour la première fois, je finis par y prendre du plaisir, je m'applique, pour toi et pour eux, parce que je les avais trouvés formidables. « Je cherche une image, celle d'un creux dans la terre. Il accueille dans son renfoncement la rosée du matin, les fines pluies, les pluies d'orage, les déluges, la neige… Mais peu à peu, avec le soleil, l'eau s'évapore et ce creux est prêt à recevoir de nouvelles pluies en son sein. Je suis ce creux mais l'eau ne s'évapore plus, elle stagne, elle déborde. Je ne sais pas quand c'est arrivé. Et je ne sais pas non plus quand j'ai entendu mon fils rire pour la dernière fois. » C'est ainsi que je conclus ma lettre. C'est elle qui m'a donné envie d'écrire un livre sur toi.

Tu as été admis, le docteur Assouline m'a promis que j'entendrais à nouveau ton rire, et tous les jours je me dis que tu as bien de la chance, enfin, d'être accompagné par ces gens-là.

Chez le dentiste

Hier après-midi, nous avions rendez-vous chez le dentiste. Maintenant que tu as vingt et un ans, il est assez rare que je t'accompagne chez un médecin. Tu es très autonome et n'as plus besoin de moi pour tes consultations, excepté chez le dentiste. On touche à ta bouche, tes dents, ta langue et c'est pour toi une épreuve. Tu as un rapport particulier avec cet organe qui a été dès ta naissance synonyme de douleur, de rejet, toi qui vomissais plusieurs fois par jour. Tu continues de remplir ta bouche avec n'importe quoi : des bonbons la journée, des billes et des pièces de monnaie la nuit. Pendant des années, au moindre événement qui t'angoissait, notamment à chaque fois que nous partions en voyage, tu y introduisais tous les doigts de ta main droite. Tu n'es plus rebuté comme autrefois à l'idée de te laver les dents et même si le brossage laisse à désirer, l'intention est là. Je sais à quel point ce geste continue de te coûter.

Tu as le temps, entre ton retour de l'hôpital de jour, 16h30, et notre arrivée au centre médical, à 18 heures, de me répéter cinq fois que l'on se revoit vendredi, « Pas avant, et tu sais pourquoi maman ? » – je le sais bien puisque ton programme de la semaine est le même depuis six mois –, de me rappeler trois fois quel chemin tu vas prendre pour aller chez ta grand-mère chez qui tu te rends après le rendez-vous – qui habite à trois stations de métro de chez nous –, de me réprimander six fois car « jeudi c'est la grève et pourquoi tu ne me l'as pas dit » et, enfin, deux fois, la date et l'heure de ta prochaine visite chez l'ophtalmologiste, « Et maman devine comment je vais y aller ? » – tu la vois depuis des années et elle n'a jamais déménagé. Sur le chemin, je te dis mon ras-le-bol car oui, je sais tout ça, tu m'en as déjà parlé il y a cinq minutes. Mais que tu es fatigant ! Alors tu te tais. Tu ne boudes pas, non, mais tu te demandes ce que tu pourrais me dire qui ne me mettrait pas en pétard. Tu ne trouves pas et ça tombe bien, nous sommes arrivés.

Dans la rue, une boutique ou une salle d'attente, comme c'est le cas aujourd'hui, il est impossible de ne pas te remarquer, les regards finissent par se tourner vers toi. Ta façon de parler – les mots que tu manges, le *r* que tu supprimerais volontiers de l'alphabet, ton intonation particulière, tes fautes de syntaxe, certaines de tes phrases brusquement haut perchées. Ton aspect physique – tes yeux bridés, ton visage marqué auquel il est si difficile de donner un âge, l'intérieur de tes joues, que tu ne cesses de serrer entre tes dents et qui te fait ressembler selon moi à un poisson, tandis que tu penches plutôt pour un lapin, ton rasage fort approximatif. Ta dégaine un peu négligée, avec tes poches bourrées à craquer de bonbons et de pièces de monnaie. Ton incapacité à regarder les gens dans les yeux lorsqu'ils te parlent, tes caresses sur mon bras, tes baisers sur ma joue, ta tête sur mon épaule.

Tu montres ton affection en posant longuement ta tête sur l'épaule des gens que tu connais bien, en les serrant dans tes bras, mais tu agis de même avec ceux que tu ne connaissais pas deux minutes auparavant. Les premiers sont habitués, les seconds sont surpris, parfois gênés. Lorsque tu étais petit, ces gestes, primitifs et attendrissants, charmaient tout le monde sans exception. Je me souviens d'avoir, à l'époque, tenté d'anticiper la réaction des gens si, une fois devenu adulte, tu agissais toujours ainsi. J'avais bien supposé : pour nombre d'entre eux, ces manifestations ont non seulement perdu de leur charme mais sont déplacées. Tu vois, je suis comme toi, je ne cesse de devancer l'avenir.

Tu aimes sortir ta carte Vitale, demander son prénom à l'assistante du dentiste. Tu la tutoies, car la différence entre les personnes que l'on se doit de vouvoyer et celles que l'on peut tutoyer t'échappe totalement. Tu souhaites la bonne année à ton dentiste lorsque nous pénétrons dans son cabinet, mais je te rappelle que nous sommes fin mars. Il est formidable avec toi. Il te rassure, prend son temps et t'explique au préalable chacun de ses gestes. Tu assures. Tu desserres les dents, tu lui obéis lorsqu'il te demande de pencher la tête à gauche ou à droite. Je vois bien, à tes mains crispées sur le bord du fauteuil et à tes pieds qui ne peuvent se résoudre à se poser et restent en suspension quelques centimètres au-dessus de l'assise, combien tout ça est éprouvant pour toi. Tu n'as droit cette fois qu'à un détartrage, mais ton médecin ne te cache pas qu'il est mécontent de la manière dont tu te brosses les dents.

Une fois la consultation terminée, nous nous disons au revoir dans la rue. Tu me prends dans tes bras, me serres très fort et me dis « Merci, maman, de m'avoir accompagné ». Je te réponds que tu n'as pas à me remercier, que c'est bien normal. Sur le chemin du retour, je pleure. C'est stupide, mes larmes coulent trop facilement, se mêlent à la pluie qui ruisselle sur mon visage, mais tes mots m'ont touchée. Tu es si particulier et si gentil. Je pleure parce que je t'aime, parce que tu me fatigues, parce que je manque de patience.

C'est difficile de vivre avec toi

Tu t'es pris de passion pour la crème de marrons et comme je ne suis pas une mère attentive à tes moindres faits et gestes, je ne m'en rends compte que quelques semaines plus tard. Pour ma défense, je sors tout juste d'une obsession qui a duré de tes quinze à dix-sept ans : les bonbons Schtroumpfs. Notre maison ressemblait à un grand village de petits bonshommes bleus et sucrés que je retrouvais par dizaine dans tes sacs, tes tiroirs, tes poches de pantalon et de blouson, sous ton oreiller, certains avaient même pris la poudre d'escampette pour atterrir sur le tapis du salon, d'autres pour se coller sous les coussins du canapé. Mais c'est fini, les Schtroumpfs ont déserté. Quelques mois plus tard, alors que tu es debout devant moi, de profil, je suis prise d'un doute. Je demande à ta sœur, assise à côté, si elle ne trouve pas que tu as forci. « Mais oui ! me répond-elle. C'est quoi ce ventre ? » Et c'est vrai, tiens, maintenant que j'y pense, tu ne manges pas grand-chose le soir. Tu tritures ton assiette avec ta fourchette, tentes de négocier quelques bouchées mais tu n'as qu'une envie, sortir de table. Je monte dans ta chambre et commence à fouiller. Je trouve une dizaine de boîtes de marrons, certaines ouvertes et vides, d'autres encore fermées. C'est reparti… et je te connais, ton pouvoir de résistance est tel que rien ne va fonctionner. Je pourrai bien te seriner que cela fait grossir, que c'est mauvais pour la santé, te menacer de te supprimer ta carte bleue ou, au contraire, t'encourager lorsque tu n'en achèteras pas une semaine durant, ce sera peine perdue. Ces addictions te rendent malheureux, tu t'empoisonnes la vie et la nôtre avec. Je vais reprendre mon rôle de flic et j'en ai d'avance assez. Tu as vingt ans. Tous les jours, tu trouves de nouvelles cachettes, tous les jours je les débusque – tu n'es pas très bon en cachettes – et jette les pots à la poubelle. Jusqu'au moment où je réalise, parce que je me sens coupable de gâcher la nourriture, que la crème de marrons peut être consommée des années après la date de fabrication. Je décide de conserver les boîtes et les… cache dans la maison. Je compte les donner à une œuvre caritative au moment de

Noël, lorsqu'elles viennent collecter des denrées alimentaires dans les supermarchés. Il est temps que le mois de décembre arrive, je commence à manquer de place. Enfin ! Le Secours populaire est là. Je remplis mon Caddie et dépose devant une gentille dame bénévole, ravie mais quelque peu étonnée, une cinquantaine de pots de crème de marrons. Elle est davantage habituée aux pâtes, riz et petits pots pour bébés. Je bredouille une explication totalement incompréhensible : « C'est très bon, la crème de marrons, très nourrissant, mon fils aime beaucoup ça, mais trop c'est trop… », et je repars. Sur le chemin du retour, je me sens plus légère.

Depuis, tu as adopté la crème de spéculoos. Là aussi, la date de péremption me permet d'accumuler les pots jusqu'au prochain Noël. Nous avons tous les deux, mon cher Antoine, un pouvoir de résistance au-delà de la normale, et c'est bien pour cela que ce n'est pas toujours facile entre nous. J'ai fini par te priver pour quelques semaines de carte bleue. Tu es tellement furieux que tu m'as placée dans les contacts indésirables de ton téléphone.

Le soir, seul dans ton lit, tu fourres dans ta bouche des pièces de monnaie. Nous en retrouvons fréquemment dans la cuvette des toilettes, mais je n'ai plus le courage de te fouiller tous les jours, d'inspecter ta chambre, pour y récupérer toutes les pièces qui pourraient traîner. C'est inutile, tu trouverais un objet de remplacement. Mais c'est l'une des raisons pour lesquelles j'y pénètre parfois à l'improviste. Tu ne m'entends pas toujours arriver et il me suffit de te regarder pour savoir si ta bouche est vide, tu me souris, ou pleine, tu es pétrifié et scrutes ton oreiller comme si c'était la chose la plus fascinante au monde. Je m'assieds à côté de toi et te demande ce que tu regardes sur ton ordinateur : « Rooooien, me réponds-tu, la bouche déformée. — Pardon ? Je ne comprends pas ce que tu me dis. » Tu t'empresses de recracher les pièces enfouies dans ta bouche et me répètes, mais cette fois-ci de manière audible : « Rien. » Ton estomac doit ressembler à une tirelire.

Je suis en colère car tu m'as encore une fois désobéi. Tu t'en fous pas mal, à peine lèves-tu la tête de ton téléphone pour écouter mes remontrances. Tu m'exaspères, alors je te l'arrache des mains et vais le cacher. Rien de mieux pour te faire réagir, ça marche à tous les coups. Tu tournes dans ta chambre comme un lion en cage, je te surveille dans le reflet de la fenêtre, le parquet craque, j'ai l'impression d'avoir affaire à un junkie qui n'a pas eu sa dose – mais tu ne fracasses plus tout comme lorsque tu étais petit. Tu finis par sortir de ta chambre et me poursuis dans la maison.

Tu me menaces : « Je vais prévenir papa. » Je te réponds : « Je t'en prie, Antoine, et d'ailleurs si tu ne le fais pas, c'est moi qui vais l'appeler. » Silence. « Très bien, alors j'appelle la police. » Je rigole nerveusement : « Vas-y, appelle la police » – un jour, à force, tu vas finir par le faire. Tu renchéris : « Maman, tu as intérêt à me demander pardon et tout de suite, je compte jusqu'à cinq : un, deux, trois, quatre, cinq… » Silence. « Bon, eh bien puisque c'est comme ça, samedi, je ne viendrai pas avec toi faire les courses, personne pour t'aider. Tu vas faire comment, hein, maman ? » Il est finalement l'heure pour toi d'aller à l'hôpital de jour, et je te rends ton portable. Il est inenvisageable que tu partes sans, je ne sais pas de quoi tu serais capable. Tu claques violemment le portail de la maison, un geste que tu as adopté il y a peu pour me signifier ton mécontentement et dont tu uses à satiété. Je te comprends : c'est inutile, mais ça fait un bien fou. Les SMS ne tardent pas à pleuvoir sur ma messagerie : « Maman au fait je retourne à la maison a Malakoff, mais samedi je ne veux pas allé faire les courses ok maman ? Tu me fiche la paix tout le week-end ok maman ? Bisou. AS. » Deux minutes plus tard : « Est-ce que tu me pardonnes ou pas hein maman ? Moi je te pardonne pas ok maman ? Bisou. AS. » Trois minutes plus tard : « Et en plus le film qu'on a regardé dans le journal eh bien c'est non je ne veux pas venir aller le voir ok maman ? Bisou. AS. » Je ne réponds plus à tes provocations. Aujourd'hui, j'arrive même à en rire. Parfois.

Lorsque nous sommes réconciliés et que tu as retrouvé ton calme, je suis souvent tentée de te faire lire tes SMS et de corriger avec toi tes fautes d'orthographe et de syntaxe. Je m'y hasarde de temps à autre, mais moins que je le voudrais. Je me retiens, car je sais qu'il suffirait d'une fois de trop pour que jamais plus tu ne m'envoies de textos. Non pas que tu serais vexé, c'est un sentiment qui t'est étranger, mais de peur de mal faire. Voilà un exemple parmi tant d'autres de la difficulté qu'il y a à trouver le bon équilibre entre ce qu'il est possible de te dire et qui t'aidera et ce que je dois taire pour ne pas te bloquer.

Oui, c'est vraiment difficile de vivre avec toi. Mais ce que j'ai appris avec les années, c'est à quel point c'est encore plus difficile pour toi de vivre avec nous.

Spectre

Vous parlez avec un débit de mitraillette. Vos intonations monocordes trahissent votre lassitude, votre désarroi. Vous donnez l'impression de réciter un texte. Vous êtes silencieux, mais tendez la main pour nous saluer. Vos propos sont hors sujet. Vos mots claquent comme un fouet. Vous avez besoin de nous situer et votre première question est : « Tu es la mère de qui ? » Vous vous exprimez extrêmement bien, chacun des mots que vous prononcez est juste, réfléchi. Vos phrases sont lumineuses. Je me souviens de cette jeune fille plantant son regard décidé dans le mien et se présentant ainsi : « Je suis Camille. Sachez qu'Antoine m'apprécie beaucoup. » Vous émettez des petits bruits aigus. Vous gémissez. Votre visage est chiffonné. Vous claquez votre langue contre votre palais. Vous vous balancez énergiquement d'avant en arrière. Vous vous tordez les mains. Vous ne cessez de battre le rythme avec vos jambes. Vous arrêtez brusquement vos gestes compulsifs, nous coupez la parole pour nous livrer votre point de vue, alors que nous vous pensions à ce moment-là très loin de nous, perdus dans vos pensées. Vous avez des crises d'angoisse. Vous pouvez faire preuve d'une grande douceur.

Vous êtes drôles. Vous êtes renversants. Vous êtes sujets à des crises d'épilepsie. Vous avez des phobies, des accès de violence. Vous avez des TOC (troubles obsessionnels compulsifs). Votre regard se perd dans le vide. Vous êtes en colère. Vous nous tournez le dos dès que nous approchons de vous. Vous nous prenez par la main pour nous montrer quelque chose qui vous tient à cœur. Vous êtes très agités. Vous êtes amorphes. Vous avez envie de tout casser. Vous semblez ne pas avoir remarqué notre présence. Vous êtes autonomes et venez par vos propres moyens au centre. Vous êtes incapables de faire dix pas dans la rue si vous n'êtes pas accompagnés. Vous pouvez rester seuls chez vous ou c'est chose impossible, on ne sait de quoi vous seriez capables. Vous êtes doués en calcul mental. Vous avez l'oreille absolue. Vous pouvez associer à chaque date le jour de la semaine correspondant. Vous dessinez tellement bien. Vous possédez une mémoire prodigieuse. Vous n'avez aucun don particulier.

Vous êtes singuliers, pour le meilleur et pour le pire. Il vous manque une case, c'est indéniable, et c'est dur, parfois, de vous regarder vivre. Mais vous possédez aussi des cases dont nous sommes dépourvus, et c'est une chance de vous avoir à nos côtés. Vous nous déstabilisez, nous usez, bousculez nos idées reçues, on ne vous attendait pas là et on se prend régulièrement les pieds dans le tapis. Nous apprenons de vous autant, espérons-le, que vous apprenez de nous. Votre sensibilité à fleur de peau, votre perception particulière des choses, vos fragilités, la force dont vous faites preuve pour tenter de vous adapter à notre société, à nous autres et à nos règles nous forcent, nous les « gens normaux » qui vous côtoyons, vous soutenons, vous portons quelquefois à bout de bras, à faire des pas de côté. Vous ne nous avez pas laissé le choix et pourtant, nous n'y étions aucunement préparés. Pour vous comprendre, vous aider, vous aimer, nous sommes bien obligés, lorsque vous nous le permettez, d'emprunter vos chemins de traverse. La route est sinueuse, on n'en voit pas la fin, rien n'est indiqué et on se perd, ça monte, ça descend, c'est épuisant, c'est ingrat, ça ne ressemble à rien de connu, on trébuche, on se blesse, on se relève, on aimerait marcher sur du plat, mais les paysages que nous traversons sont d'un autre monde, étranges et beaux à la fois.

Délaissés

« L'autisme est une autre façon d'être », nous dit Josef Schovanec lorsqu'il intervient dans l'émission *Le téléphone sonne* du 4 avril 2016 sur France Inter. L'auteur de *Je suis à l'Est !* et de *De l'amour en Autistan*[1] ajoute : « On a tout à gagner à rencontrer les gens autistes. Pour réenchanter le monde, tellement malade de normalité. Méfions-nous de la normalité, c'est peut-être la pire des pathologies. » Vous êtes en effet une leçon de vie contre les choses établies. Josef Schovanec est docteur en philosophie, il parle bien, est brillant, très drôle, à l'aise avec les médias. Mais voilà, il est *aussi* autiste et, nous explique-t-il, n'a jamais réussi un entretien d'embauche. Tous ses amis autistes, quels que soient leurs diplômes, ont échoué comme lui, raconte-t-il. C'est à peine croyable, au vu de toutes ses qualités, mais après tout, est-ce si étonnant ? Notre société a soif de normes. Nous sommes cernés par les propositions de lettres types, les cases à cocher, les cadres à respecter, les tests pour mieux se connaître, les conseils pour un parcours sans faute.

1. Josef SCHOVANEC, *Je suis à l'Est !*, Plon, 2012, et *De l'amour en Autistan*, Plon, 2015.

Comment réussir un rendez-vous, nous épanouir dans notre vie professionnelle, notre vie amoureuse, avoir le profil idéal, atteindre ses objectifs, détenir les clés de la réussite, se surpasser, détecter ce qui peut nous nuire, savoir nous valoriser, pardonner, avoir confiance en soi, le look adéquat, être plus aimable, ne rien laisser paraître, se faire coacher pour mieux manager, régler les conflits, développer ses potentiels, ses réseaux, sa mémoire, ses capacités intellectuelles... Notre propension à vouloir nous inscrire dans des cadres, notre incapacité à prendre des risques sont une maladie de nos sociétés. Je n'ose imaginer à quel point un entretien d'embauche classique, face à deux, trois ou quatre personnes, doit être éprouvant pour les personnes autistes. Pour mettre toutes les chances de son côté à cette occasion, il faut se montrer posé, à l'aise mais pas trop, tout est question de dosage – une notion déjà assez subjective pour chacun d'entre nous or, est-il besoin de le rappeler, savoir où nous plaçons le curseur relève, pour les autistes, du mystère le plus absolu. Il est impératif de fournir des réponses pertinentes afin de montrer à nos interlocuteurs nos capacités, les rassurer et, pour cela, il est conseillé de se mettre à leur place – précisément, l'empathie n'est pas la qualité première des autistes. Le candidat doit enfin repérer et déjouer les questions pièges – nous sommes de gros malins qui aimons les traquenards, un trait de caractère dont les autistes sont totalement dépourvus.

Nul besoin d'être autiste pour se sentir tétanisé et à côté de la plaque lors d'un entretien d'embauche. Je suis moi-même pitoyable. On me juge, on me scrute, j'ai trois paires d'yeux rivés sur moi et ce sont deux de trop. On m'attend au tournant, je bégaye, deviens totalement stupide, ça y est, je perçois l'étonnement dans leur regard, voire la déception, je panique et m'engouffre dès que possible dans le piège tendu pour mettre un terme à mon calvaire.

Joseph et nombre de ses compagnons sont tout à fait capables d'assumer un travail. Peut-être, une fois en poste, ne suivront-ils pas les consignes à la lettre, peu importe. Ils auront mis en place d'autres moyens pour arriver à leurs fins. Probablement leurs collègues devront-ils s'habituer à quelques-unes de leurs bizarreries, mais les autistes ne passent-ils pas leur vie à tenter de s'adapter à notre monde, à se plier à nos façons de faire ? Méritent-ils qu'on leur claque systématiquement la porte au nez ?

Il est primordial que la France se donne les moyens d'intégrer les enfants handicapés dans des écoles ordinaires en les faisant épauler par une aide à la vie scolaire (AVS) – qui les aide à suivre le programme en classe, à s'adapter et qui les protège. Ils sont alors poussés vers le haut, on leur construit ainsi une vie inscrite autant que possible dans la normalité. C'est l'occasion, pour ceux qui sont capables d'empathie, de prendre exemple sur leurs petits camarades. Mais c'est également une chance pour les enfants neurotypiques de découvrir la différence dès le plus jeune âge. Il leur suffit de quelques semaines passées au côté de cet enfant différent, en classe, à la cantine et dans la cour de récréation pour qu'ils s'habituent à ses particularités et n'y prêtent plus guère attention. Plus indulgents, plus ouverts d'esprit, ils ne sont plus effrayés par la différence, elle leur est familière et fait désormais partie intégrante de leur quotidien. Pour ces enfants qui auront côtoyé très jeunes le handicap, travailler auprès d'un autiste une fois devenus adultes ne leur fera pas peur, ils seront en terrain connu. Certains d'entre eux deviendront chefs d'entreprise et directeurs des ressources humaines. Et si recruter dans leur société un salarié atteint de troubles autistiques restera bien sûr un acte particulier, un engagement fort, ils seront davantage portés à parier sur lui en étant conscient qu'il ne cochera pas toutes les cases requises, mais pourrait bien en cocher d'autres, inattendues et bienvenues.

Pour que chaque enfant, adolescent ou adulte atteint du spectre autistique puisse bénéficier d'une place dans un lieu adapté à ses pathologies, être l'objet d'une véritable écoute, des microstructures telles que celle où tu te trouves actuellement, Antoine, devraient aussi éclore en nombre à travers toute la France. On sait aujourd'hui que des programmes comportementaux comme ABA (*Applied Behavior Analysis*, « Analyse appliquée de comportement »), Teacch (*Treatment and Education of Autistic and Related Communication Handicapped Children*, « Traitement et éducation des enfants autistes ou atteints de troubles de la communication associés »), Pecs (*Picture Exchange Communication System*, « Système de communication par échange d'image ») sont sources de progrès chez de nombreux autistes. Et pourtant, combien d'entre eux sont parqués dans des établissements psychiatriques où ils n'ont rien à faire et végètent, faute de structures adaptées à leur handicap ? Combien y ont gâché leur vie ? Enfermés, attachés, bourrés de médicaments, seuls et sans aucune activité ? Il faut lire à ce sujet le parcours d'Acacio dans *Autisme, la grande enquête*[1] de Sophie Le Callennec et Florent

1. Sophie LE CALLENNEC et Florent CHAPEL, *Autisme, la grande enquête*, Les Arènes, 2016.

Chapel. D'abord emprisonné dans une cellule d'un hôpital psychiatrique français, il s'est lentement métamorphosé une fois qu'il a eu intégré le Centre pour adultes avec autisme en Poitou (CAAP).

La France a quarante ans de retard en matière de prise en charge de l'autisme, mais il faut noter les avancées accomplies ces dernières années par les différents gouvernements, poussés par les associations montées par les parents, sans lesquelles rien n'aurait vu le jour. On aimerait que ces progrès soient plus nombreux et plus rapides afin de rattraper le temps perdu, mais les instituts médico-éducatifs pour adolescents se sont développés entre 1995 et 2000, ainsi que les unités d'éducation en maternelle et les centres de diagnostic. Et grâce à la science, certaines formes d'autisme sont dorénavant détectables dès l'âge de trois ans.

L'autisme n'a été reconnu en France comme une priorité de santé publique qu'en 1995, un an après ta naissance. Les choses s'améliorent, et c'est une bonne nouvelle pour tous les enfants présentant des troubles du spectre autistique nés après toi. Les parents de ces enfants rencontrent probablement moins de difficultés que nous. Le grand public connaît un peu mieux ce handicap, les pédiatres sont sans doute plus vigilants, davantage d'autistes étudient en milieu scolaire ordinaire avec des instituteurs prêts à accueillir dans leur classe un enfant comme toi, et peut-être – on peut toujours rêver – notre regard est-il davantage bienveillant. Nous sommes néanmoins loin du compte : il est toujours extrêmement compliqué de trouver une structure adaptée au handicap de son enfant. Les personnes atteintes de troubles du spectre autistique ont en commun des difficultés de comportement, de communication et d'interactions sociales, mais le nombre, le type de symptômes et le degré de gravité, extrêmement variables d'une personne à l'autre, rendent la tâche de trouver un lieu adapté d'autant plus ardue.

J'ai un immense regret, bien sûr, à l'idée que les choses auraient été plus faciles si tu étais né quelques années plus tard. Au milieu des années 90, peu de parents et d'enseignants étaient informés de la possibilité de faire appel à une AVS. En tout cas, je ne l'ai pas été et tu as été exclu de l'école sans que l'on te laisse la moindre chance. Les choses auraient peut-être été différentes pour toi ? Il est inutile de regarder en arrière, et ce n'est pas toi qui me diras le contraire. Lorsque j'entends les témoignages émouvants de ces autistes, aujourd'hui adultes, notamment dans le formidable docu-fiction de Sophie Révil, *Le Cerveau d'Hugo*, sur ce qu'ils ont subi à l'école, au collège, au lycée, les regards en coin, le rejet, les moqueries, les insultes, les baffes, je suis soulagée de t'avoir plus ou moins épargné cela. Car tu n'y as pas échappé totalement, je le sais, même si tu n'en as guère parlé. Tu as connu le mépris, l'indifférence, avec cette institutrice qui a fait comme si tu n'existais pas, mais aussi la peur, lors de ton passage dans cette Clis, où on vous larguait en cours de récréation avec des bien plus grands que vous qui avaient souvent un lourd passif. Je le voyais à ta mine défaite lorsque tu rentrais le soir avec ton pantalon troué, un « grand » t'avait fait tomber, tu n'avais plus les quelques pièces de monnaie que je t'avais laissées, on te les avait prises mais il ne fallait pas le dire. Ou lorsque tu gardais le silence et finissais par me demander ce que voulait dire « débile » ou « trisomique ». Je te savais incapable de trouver les bons mots ou de sortir les poings pour te défendre. Il est arrivé que l'on t'accuse à tort, moi la première, d'un méfait, avant de s'apercevoir que tu n'étais pas le fautif. Tu n'avais rien fait pour plaider ta cause, au contraire, tu avais accepté les remontrances sans lever le petit doigt et en répondant simplement « Je ne sais pas » lorsque l'on tentait de comprendre les raisons de cette passivité.

Vous vivez parmi nous, qu'on le veuille ou non, que l'on soit concerné de près ou pas. Il est vital de vous prendre correctement en charge dès votre plus jeune âge, afin de vous intégrer au mieux dans notre pays, qui est tout autant le vôtre. Les chiffres sont là, alarmants : en France, 1 enfant à naître sur 100 est atteint de troubles du spectre autistique (TSA), 650 000 personnes le sont déjà, environ la moitié présente une déficience intellectuelle et 80 % des enfants autistes ne sont pas scolarisés. Les personnes atteintes du spectre autistique ne disparaissent pas dans la nature, ne décèdent pas une fois adultes. Leurs parents, un jour ou l'autre, ne sont plus là pour les protéger. Et je suis comme toutes les mères de ces enfants-là : terrorisée à l'idée que notre société te laisse de côté et que tu finisses par végéter je ne sais où, dans un institut pourri, inadapté, que tu vieillisses dans ton coin, paumé, parce que personne n'aura pris le relais après moi. Un jour, tu diras peut-être à quelqu'un « Merci de m'avoir écouté » tellement tu te sentiras seul, comme ce clochard qui m'a raconté l'autre matin ses mésaventures alors que je promenais le chien.

Tu seras toujours handicapé et le mieux que je puisse faire, c'est de t'aider à devenir toi-même, à assumer la personne que tu es. J'aimerais que tu sois maître de ta vie, que tu saches te défendre, mais ce n'est pas le cas. « Je suis derrière toi », et tu n'aimes pas cela. Tu me le dis car tu viens de lire ces mots sur mon ordinateur tandis que je les écris et tu sais que je parle de toi. « Je suis autonome », m'affirmes-tu, et je te dis que non. On l'est lorsque, notamment, l'on a un travail et que l'on gagne sa vie, que l'on pense à se laver tout seul ou que l'on n'engloutit pas des paquets de bonbons entiers tous les jours. Lorsque je t'explique cela, c'est sans le moindre reproche dans ma voix, je ne fais que constater, mais je ne veux pas que tu te fasses des idées : tu es né autiste, c'est ainsi, ne te voile pas la face. Tu me demandes quand tu seras indépendant, comme si cela allait tomber du ciel un jour bien précis. Je te réponds que cela ne dépend que de toi et là, cela ne te dit plus rien qui vaille. Moi, je pense tout bas que ce n'est pas demain la veille.

Petite ou grande sœur ?

Peut-être dois-je imputer mon réveil au milieu de la nuit, le cœur battant trop vite, trop fort, au drame des attentats du 13 Novembre à Paris, qui ont eu lieu trois jours plus tôt. Je mets du temps à émerger, puis je me rappelle mon rêve : tu étais âgé, seul et errais dans le métro. N'est-ce qu'un cauchemar ou est-ce ce qui t'attend ? Où vivras-tu ? Qui s'occupera de toi, une fois que je ne serai plus là ? Qui t'aimera encore ? Ta sœur ? Tes demi-sœurs ? Leurs enfants ? Se projeter ainsi dans le futur est épouvantable et ne mène à rien, sinon à me faire du mal. Et si ta sœur partait vivre à l'étranger, qu'adviendrait-il de toi ? Il n'est pourtant pas question qu'elle s'empêche de voyager, de s'installer ailleurs pour veiller sur toi. Ce sera son devoir de faire en sorte que tu vives dans un endroit qui te convient, mais elle ne doit en aucun cas sacrifier sa vie, loin de moi l'idée de la lester de ce poids. J'espère qu'elle sera toujours consciente de ses responsabilités, mais ce sera à elle de poser ses limites. Depuis toujours, elle t'aime, te protège, t'engueule, te conseille, se moque de toi, s'inquiète pour toi. Tu es devenu son petit frère dès qu'elle a été en âge de parler. Elle a tout fait pour te dépasser très vite : elle a appris à lire quasiment toute seule, parlait extrêmement bien à l'âge de deux ans, articulant chaque syllabe à la perfection, et a sauté le CP, où elle n'a passé que trois semaines : elle risquait de s'ennuyer, m'avait dit son institutrice. Devenir ton aînée en apprenant le plus vite possible tout ce qui te posait à toi d'énormes problèmes – notamment nos mémorables séances de lecture – a été sa façon à elle de se construire. « Pas de quoi en faire toute une histoire », devait-elle se dire tous les jours.

Dans mon bureau est accroché un dessin d'elle que j'aime tout particulièrement. Elle se tient en haut d'une montagne et sourit. En arrière-plan, un soleil couleur jaune citron se lève – ou se couche ? – derrière les montagnes. Quatre nuages, alignés les uns à côté des autres, courent dans le ciel. Elle marche dans ta direction. Tu te balances dans le vide et tiens une corde avec ta main gauche. On ne voit pas bien comment tu pourrais la rejoindre là-haut sans son aide.

Ce n'est pas un cadeau que nous leur faisons, à ces frères et sœurs obligés de se faire tant bien que mal une place au sein d'une famille fragilisée, inquiète, qui focalise toute son attention sur l'enfant handicapé. Leur position dans la fratrie ne va pas de soi et on ne s'occupe pas beaucoup d'eux, ils ont l'air de grandir si facilement.

Le matin où ta sœur s'est planté un bout de verre dans le pied et où nous sommes parties pour les urgences, elle était ravie. C'est comme si nous allions à EuroDisney. Je redoutais, une fois arrivées, sa déconvenue, peut-être allait-elle même prendre peur, mais je me trompais : un sourire a continué de flotter sur son visage lorsque le médecin l'a installée sur un brancard. Je m'étonne : pourquoi est-elle aussi sereine, voire satisfaite, à l'idée de se trouver dans un hôpital ? Parce que, tout simplement, *elle aussi*. Elle qui, depuis cinq ans, voyait fréquemment son frère et ses parents partir aux urgences, pour des rendez-vous prévus ou en catastrophe, qui entendait parler de psychiatres, d'examens, de tests… savait dorénavant à quoi ressemblait cet endroit mystérieux où nous allions. À elle aussi, ses parents accordaient toute leur attention et agissaient comme avec son frère quand elle rencontrait un problème.

Lorsque ton père et moi nous séparons, je prends rendez-vous pour Lou chez une pédopsychiatre. Engloutie par le fossé qui se creuse entre ton père et moi, par ton mal-être, je ne suis pas capable de lui apporter grand-chose et de l'aider à traverser cette épreuve. Je ne suis plus à un psy près, chacun le sien, c'est un peu la débandade dans cette famille et aucun de nous n'est capable de marcher sans béquille. « Je suis l'espoir de la famille », annonce-t-elle dès la troisième séance à la praticienne, qui me le répète, une pointe de reproche dans la voix. Je mesure ce que ton père et moi avons inconsciemment fait peser sur elle, alors qu'elle n'a que sept ans, en l'encourageant à aller toujours plus loin, en étant si fiers d'elle, entre nous, devant elle et les autres. Cette petite fille qui nous avait semblé prendre la vie avec tant d'allant et de légèreté portait en réalité un poids trop lourd pour ses épaules.

Tu as appris à ta sœur et à moi à nous étonner et à rire de tout. Lou a un grand sens de l'humour, avec une forte prédilection pour tout ce qui est absurde. Elle s'est construite et défendue ainsi, à force de te côtoyer, d'entendre tes remarques hors de propos ou décalées. À force de supporter tes TOC, tes obsessions et mes hurlements. « Mieux vaut en rire » a été sa manière à elle de s'en sortir et de t'aimer. Je crois ne pas y être pour rien, moi qu'elle a vue tant de fois retenir mes larmes, m'effondrer ou rire aux éclats à cause ou grâce à toi. Moi qu'elle a vue baisser les bras, me recroqueviller sur moi-même – qu'on me fiche la paix, je ne suis là pour personne –, me réveiller d'un coup d'un seul, prête à mener une nouvelle bataille. Mes actes dépourvus de logique, de mère inconstante avec peu de suite dans les idées, souvent fragile, parfois forte.

Je ne sais plus à quel âge elle m'a pour la première fois demandé si je savais ce que tu avais lorsqu'elle est née. Non, je ne le savais pas et l'ai su seulement deux ans plus tard. Aurions-nous eu un deuxième enfant si nous l'avions su ? Non, lui ai-je avoué. Je n'aurais pas eu le courage de recommencer et, surtout, de donner la vie à un enfant en étant cette fois consciente de l'existence que je risquais de lui offrir. Elle m'a, depuis cette première fois, posé à plusieurs reprises ces deux mêmes questions. Je ne peux croire qu'elle ait oublié mes réponses, qui n'ont en rien changé avec les années.

Que comprends-tu des attentats du 13 Novembre ? Je te raconte, de la manière la plus simple possible, cette épouvantable nuit. Je tente de t'expliquer qui sont ces salopards, leurs motivations. Je te parle de la France, de Paris, de notre peuple qui aime faire la fête, s'embrasser sur les trottoirs, bien manger et bien boire, de nous, les femmes, qui avons le choix d'avoir ou pas des enfants, qui travaillons et ne nous cachons pas derrière un voile. Nous ne nous laisserons pas faire, nous gagnerons, nous serons plus forts que ces barbares ! « N'ayez pas peur, sortez, sortez, les enfants ! De toute façon, un attentat peut survenir n'importe où, n'importe quand, dans un musée, un cinéma, un métro, un train, un café… » Je m'emballe, je crie, je suis en colère, on ne peut plus m'arrêter et je sais que je ne m'adresse plus à toi, comme si souvent, mais à ta sœur et à moi-même. Je te demande si tu veux que nous regardions ensemble des vidéos des attaques, en ligne sur le web. Lou me fait les gros yeux, mais je fais comme si je ne l'avais pas vue, une attitude que j'adopte systématiquement lorsqu'elle se comporte en adulte et moi en enfant. « Non, me réponds-tu, c'est pas pour moi, c'est trop dur. » Elle pousse un soupir de soulagement. Ton refus ne prouve-t-il pas que tu connais, ou en tout cas devines, l'horreur des événements et souhaites t'en protéger ? De longue date, tu as appris à éviter les situations auxquelles tu sais ne pas pouvoir faire face. Dans ces cas-là, tu bats en retraite, c'est terminé, tu n'es plus là pour personne, écoutilles fermées, regard absent, mes mots semblent ricocher sur toi pour venir rebondir et s'échouer à mes pieds. Pour finir, tu poses une question qui n'a aucun rapport avec le sujet débattu, ça m'énerve, je te le dis, mais c'est inutile. La discussion est close, tu te réfugies dans le silence.

Sept mois plus tard, nous lisons ensemble un livre sur le massacre de la Saint-Barthélemy. Il est écrit que « le lendemain, la ville se réveille hébétée ». Je t'explique ce que signifie ce dernier mot et tu renchéris en me disant : « Comme le matin après les attentats en novembre. » Tu as tout compris.

Bêcheuse

Je ne fais partie d'aucune association de parents d'enfants autistes, je ne me suis pas liée non plus avec les parents des divers instituts par lesquels tu es passé. Je n'en suis pas fière, ma réaction est immature, démontre à quel point je ne vis pas toujours bien ton handicap, mais je ne sais comment me positionner vis-à-vis des autres parents. Je n'ai pas envie de me plaindre, il y a des cas bien plus lourds que le tien, je n'ai pas plus envie de me réjouir, mes amis ont des enfants qui vont bien, pourquoi pas moi ? On doit me trouver bêcheuse, froide, déprimée ou que sais-je. En tout cas, à leur place, c'est ce que je penserais. Entendre ces parents, au cours des réunions avec les éducateurs, témoigner de ce qu'ils vivent au quotidien, et qui n'est d'ailleurs pas toujours triste, m'afflige. Je me sens nulle, j'ai l'impression que tous font preuve d'une patience illimitée, consacrent beaucoup de leur temps à leurs enfants, sont attentifs à la moindre de leurs réactions. Ils paraissent pleins d'espoir, prennent volontiers la parole, demandent des conseils, notent les progrès, tandis que je vois tout en noir et ne me souviens que des catastrophes te concernant. Je suis une mauvaise mère.

J'ai envie de fuir, je ne sais que faire de toutes ces informations, je mange des gâteaux secs, bois un jus d'orange pour me donner une contenance, je serre trois mains, esquisse deux sourires et prends la poudre d'escampette dès que la cloche a sonné. Ce n'est que depuis que tu es entré à l'hôpital de jour que je prends plaisir à assister à ces réunions de parents. Une première.

Je rencontre la mère de Dominique alors que tu es encore scolarisé à l'IME. Elle n'a pas un fils autiste, mais deux. Je m'interroge à chaque fois que je la croise : on fait comment, avec deux comme toi ? Elle est pourtant souriante et semble sereine, comparée à moi qui tire en permanence une tête de six pieds de long et passe pour une sauvage. Tandis que nous vous attendons à la sortie de l'institut, elle nous raconte d'un air enjoué que son fils cadet joue maintenant dans une équipe de foot. Je prends pour une fois part à la conversation. Je m'étonne que son fils, qui est dans ta classe et a à peu près ton âge, onze ou douze ans, comprenne les règles de ce sport. Après tout, peut-être aimerais-tu toi aussi jouer au foot. Te sous-estimerais-je, encore une fois ? Non, me répond-elle, il ne les comprend pas, mais ça l'amuse parfois, de courir derrière le ballon, même si, la plupart du temps, il reste sans bouger au milieu du terrain. La dernière fois, il a même marqué un but, « par hasard », ne manque-t-elle pas de souligner. Il était très fier, elle aussi. Qu'il ne saisisse pas les règles, elle n'en est « plus là, [a] dépassé tout cela. L'essentiel est qu'il y prenne du plaisir ». Je me sens comme une môme face à elle et ne peux que lui dire : « Oui, oui, bien sûr, c'est l'essentiel... », mais n'en pense pas un mot. Je compatis pour son fils, que j'imagine planté comme une grande courge au milieu du terrain, ne sachant pas vraiment pourquoi tout ce beau monde s'agite autour de lui, ni s'il est préférable d'aller à droite ou à gauche. S'il est comme toi, il doit bien se rendre compte de son impossibilité à se comporter comme les autres. Et probablement le jour viendra où ses coéquipiers lui feront gentiment ou cruellement comprendre qu'il est un boulet et n'a rien à faire avec eux. Je me sens incapable de t'infliger cela. J'ai peut-être tort, je devrais arrêter de me mettre tout le temps à la place des autres. Cette mère n'est « plus à ça près », mais qu'en est-il de son fils ? Une autre mère, hilare, raconte que son garçon de treize ans, en pleine crise, a trouvé refuge au-dessus de l'armoire et qu'il n'y avait plus moyen de l'en déloger. Je ne trouve pas ça drôle. Tu as raison, Antoine, je suis sans doute, comme tu me l'as dit dernièrement et à ma grande stupéfaction, « un peu relou ».

Tu aurais fait comment, sans moi ?

Lorsque tu étais petit, tu éprouvais une joie immense, disproportionnée, lorsque nous te félicitions, parce que tu avais bien fait tes devoirs, marqué un but contre ton père au football, mis un panier au basket, exécuté un joli plongeon... Mais je ne parvenais pas à savoir, au-delà nos compliments, le plaisir que tu en avais retiré pour toi-même. J'avais l'impression que tu n'existais qu'à travers les yeux des autres, ce qui est assez logique quand on sait à quel point tu manques de confiance en toi et a tendance à te dénigrer. J'ai souvent tenté de te sonder afin de déceler ta vraie satisfaction, de te faire comprendre que c'est avant tout pour toi-même qu'il te faut agir, mais je parlais dans le vide, tu ne comprenais pas ce que je voulais de plus. Il en est de même aujourd'hui lorsque tu nous aides dans les tâches quotidiennes. Tu passes l'aspirateur, mets la table, donnes à manger au chien, vas au casse-bouteilles. Tu apprécies que l'on te remercie et insistes pour que nous réitérions nos compliments : « Je t'ai bien aidée, maman, tu aurais fait comment, sans moi ? » Je te réponds que, vraiment, je ne sais pas, que j'aurais en tout cas été bien embêtée. Je continue d'espérer qu'un jour, j'arriverai à attirer ton attention sur un sujet qui te passionnera et te donnera le goût d'apprendre, d'aller plus loin, de vivre enfin pour toi-même et, surtout, de t'aimer un peu plus. Je te vois toujours comme une personne flottante dont l'identité reste fragile, incertaine.

Celle que je suis devenue

Être la mère d'un enfant autiste a fait de moi une femme au caractère plus trempé que celui qui m'était promis, plus combative aussi. J'ai appris à soutenir les regards curieux ou ironiques posés sur toi, sur moi, sur nous deux, à me blinder contre les réflexions débiles et l'indifférence. Je sais reconnaître les gens bienveillants et qu'il y a tout près de moi des gens que j'aime, qui m'aiment, mais sur lesquels, toi, tu ne peux guère compter. Je sais aussi qu'il y a tout près de nous des gens que nous aimons tous les deux, qui nous aiment et sur lesquels nous pouvons compter toi et moi.

J'ai acquis un grand sens de la dérision, probablement à force de remplir des dossiers où, par exemple, on te demande, depuis que tu as dix ans, d'écrire ton « projet de vie » et – si la place te manque – on te suggère de poursuivre sur une feuille blanche. Je fais preuve d'une patience admirable lorsque je dois téléphoner à un organisme public et presser sans fin les touches 5-3-2-étoile. J'accepte désormais sereinement qu'après avoir appuyé cinq minutes durant sur les touches demandées, un serveur vocal me prie de rappeler plus tard, « toutes nos lignes étant occupées ». Je ne montre plus aucun signe de lassitude lorsqu'on me demande de raconter, pour la centième fois, ton parcours. Mais tu m'as aussi rendue fragile. Parce que tu es né autiste, avec tes peurs, tes refus, tes obsessions, tes phrases à répétition, ton retard mental. Et de t'avoir offert cette vie-là, je ne m'y ferai jamais et ne cesserai de me demander comment tu aurais été si... et comment j'aurais été si... et comment aurait été ta sœur si...

Certes, on ne sait jamais le chemin que va suivre sa vie, mais je peux revendiquer de manière plus légitime que beaucoup d'autres que le mien n'est pas celui que je m'étais imaginé. Mes réflexions sur la maternité, la paternité, la famille empruntent souvent des chemins tortueux. Avec toi dans mon existence, je n'ai plus jamais été certaine de rien, moi qui n'étais déjà pas sûre de grand-chose. « L'optimiste pense qu'une nuit est entourée de deux jours, le pessimiste pense qu'un jour est entouré de deux nuits » : est-il besoin de préciser que c'est au second membre de cette formidable définition de Francis Picabia que je m'identifie ?

Tu vas mieux, définitivement. Tu as trouvé un peu d'assurance, tu me racontes parfois tes journées, tu n'as plus les traits aussi marqués, tu es heureux de participer à des spectacles avec les Turbulents[1], tu me demandes si tu peux t'inscrire à un cours de musculation, tu aimerais que je te promette de ne jamais me séparer d'Éric, tu es content lorsque tu arrives à lire quelques phrases correctement et es maintenant très à cheval sur les liaisons. Tu affectionnes les mots « magnifique », « choquant », les expressions « comme d'habitude », « tu m'as manqué », « je t'aime bien » ou, moins chaleureux, « ta bouche », « ta gueule » et « ça va très mal se passer ». Tu adores, dans les supermarchés, scanner les produits sur les bornes en libre-service, « shazamer » toutes les musiques que tu aimes, puis les acheter. Tu me demandes si tu pourras voter aux prochaines élections, qui est Giacometti et où il habite ; tu me donnerais alors la station de métro

1. Lieu artistique et culturel situé dans le XVIIe arrondissement à Paris, l'association Turbulences ! est une compagnie de recherche théâtrale, vocale et de langage multimédia créée avec et pour des adolescents et préadultes accueillis dans des centres spécialisés sanitaires et éducatifs.

la plus proche de chez lui et je t'explique pourquoi cela ne va pas être possible. Surtout, tu fais connaissance depuis quelques mois avec l'humour. À ta façon, unique et désarçonnante. Ce dimanche du mois de février où je te demande de mettre la table, il fait beau mais très froid. Notre bassin est recouvert de glace.

« Je la mets dehors, maman ?

— Bien sûr que non, Antoine.

— C'était une blague, tu as compris ma blague, maman ? Elle était drôle ma blague, hein ? Tu as rigolé ? Tu es sûre, maman, que tu as compris ? Je peux t'expliquer si tu veux. »

Alors, je me mets à rire, non pas de la drôlerie de ta blague, mais parce que je suis contente que tu te frottes à l'humour et parce que tu insistes tellement que la situation en devient absurde. Quand ceci se passe en présence de ta sœur, nous partons toutes deux dans un fou rire irrépressible, ce qui te ravit mais t'étonne tout de même un peu – « Elle était si drôle que ça, ma blague ? » as-tu l'air de te demander.

Tu ne te bouches plus les oreilles au cinéma. Tu ne te tapes plus le front par terre. Tu ne fracasses plus les jouets contre les murs de ta chambre. Mais tu continues de demander aux gens que tu rencontres pour la première fois où ils habitent, pour leur citer la station de métro la plus proche de chez eux, c'est pour toi la seule information intéressante à leur sujet. Tu poses les mêmes questions dix fois de suite. Tu ne cesses de nous couper la parole pour nous alerter sur ton emploi du temps, tes trajets passés et à venir. Tu transportes toujours des multiprises dans ton sac à dos. Tu ne sais pas nouer tes lacets. Tu ne supportes pas que tes appareils ne soient pas rechargés à 100 %. Tu es dépourvu d'initiatives. Tu ne peux t'empêcher, dès que tu es seul dans ton lit, de mettre des pièces dans ta bouche. Tu aimerais multiplier les réseaux internet dans la maison et le fais d'ailleurs assez régulièrement, en douce, jusqu'au moment où plus aucun de nous ne parvient à se connecter. Tu collectionnes les petites bouteilles d'eau sur ta table de chevet, toi qui ne bois jamais. Tu es devenu boulimique de bonbons, de crème de marrons, de crème de spéculoos et tu as, de ce fait, pris du poids ces deux dernières années. Tu n'es jamais arrivé à l'heure à un rendez-vous : tu es toujours très en avance, un point c'est tout.

Tout cela ne serait pas si grave et pourrait même prêter à rire, si tu n'avais pas un retard mental important, que tu ne rattraperas probablement jamais et qui te handicapera tout au long de ta vie.

Il suffit que je pense que tu vas mieux pour en douter quelques semaines plus tard. Ce matin, tu pars cinq jours à la campagne. Si je ne suis pas près de la porte d'entrée au moment de ton départ, tu ne me chercheras pas dans la maison pour m'embrasser et me dire au revoir. Je suis obligée de te demander de te lever pour me dire bonjour le matin. Si je te laissais faire, tu ne quitterais pas ton portable des yeux. Je suis où dans ta vie ? Je suis qui ? Je suis quoi ? Tes bonbons colonisent tes poches, tes sacs à dos, tes tiroirs, ton lit, je dois te supprimer ton argent et tu me fais une vie d'enfer, me traites de tous les noms. Tu m'envoies des SMS qui n'ont aucun sens, tu dérailles, c'est évident, tu me détestes, me provoques. Peu importe, ce qui me bouleverse, c'est à quel point tu sembles malheureux. Rien ne te fait envie, tout est non : je te propose d'aller à la piscine, c'est non, à la mer au mois de juillet, c'est non, au cinéma dimanche, c'est non. Je n'arrive pas à te sortir de là. En quelques semaines, tu dégringoles, mais le temps que je m'en aperçoive et fasse le bilan de tes nombreuses absences ces derniers temps, il est trop tard, tu es déjà loin. Un pas après l'autre, à reculons, tu es reparti dans ton monde et as tout refermé à double tour, ni vu ni connu.

Je pensais que tu allais mieux, définitivement, que tu avais passé un cap et ne reviendrais plus en arrière. J'avais noté tous les changements positifs, j'ai fanfaronné, je t'ai félicité, j'en ai parlé autour de moi et badaboum ! tu m'as fait comprendre, à ta manière rapide, efficace et qui ne laisse aucune place au doute, que je n'aurais pas dû me réjouir si vite, que tout n'est pas aussi simple. Tu as effectivement accompli des progrès dans un domaine bien précis, qui t'ont demandé des efforts et ont été compliqués à mettre en place. Ce n'est pas qu'une question de bonne volonté, il ne suffit pas que tu claques des doigts pour réussir. C'est certain, tu as monté une marche, je pense que c'est formidable, je ne vois pas plus loin que le bout de mon nez, car cela a provoqué chez toi, comme si tu avais besoin à chaque fois de compenser, de nouvelles angoisses, un nouveau TOC, une sourde révolte ou des silences insondables.

Tu as définitivement exacerbé mes penchants les plus noirs. Mais si je suis celle que je suis, c'est aussi grâce et à cause de toi. J'ai appris à faire preuve d'empathie – trop –, d'humilité – trop. Tu m'as ouvert les yeux sur notre égoïsme, notre petitesse, notre peur de l'autre, nos limites. Tu m'as fait découvrir un autre monde, celui de cette forteresse dans laquelle tu vis reclus mais dont, parfois, j'arrive à forcer les portes pour te venir en aide. Tu m'as fait comprendre qu'on ne tricote pas sa vie avec seulement des gens bien portants. Que la Terre ne tourne pas toujours rond. Que derrière tes « oui » se cachent souvent des « non » définitifs, que derrière tes « non » se dissimulent la peur ou l'envie, que « je ne sais pas » est un appel au secours qu'il ne faut surtout pas prendre pour argent comptant, que « je n'ai pas mal » peut vouloir dire que tu as une double fracture à la jambe ou un sac en plastique niché dans l'estomac depuis cinq jours, que « j'ai un bug », lorsque tu fais tes devoirs, est à prendre au sens propre. Tu m'as poussée à rire de tout pour ne pas tomber, à pleurer pour n'importe quoi parce que tu es comme tu es, à me foutre définitivement de ce que l'on peut penser de moi, à être forte, pour toi, quand on ne m'attendait pas là.

Tu m'as soufflé que tu aurais bien aimé nous rejoindre, mais que tu en étais empêché.

Je nous vois déjà…

Aujourd'hui, lorsqu'on me demande comment tu vas, je fais parfois preuve de paresse pour trouver les mots justes qui qualifient ton état du moment. Ceux que je prononce ne te rendent pas justice, ils sont loin de la vérité, celle qui t'appartient. Tu as fait ta rentrée à l'hôpital de jour, tu es en vacances, tu es chez ta grand-mère, tu es chez ton père, c'est bientôt ton anniversaire… j'assène des banalités, qui ne parlent pas de toi, pas de moi, pas de nous deux. Je devrais dire que « la vie t'échappe et jeunesse se passe », rien de plus, rien de moins.

Je pense aux années à venir et je nous vois déjà, puisque je serai toujours près de toi, pas moyen de faire autrement, un vieux couple mère-fils qui ne se supporte plus mais dans lequel l'un ne sait pas faire sans l'autre, deux prisonniers à perpétuité, un duo chétif et ingrat qui n'aura plus grand-chose à se dire, qui se connaîtra par cœur, jusqu'à la nausée, recroquevillé sur lui-même, avec ses petites manies détestables, ses rancunes et ses lassitudes, ses silences et ses petites haines. C'est effrayant, n'est-ce pas ?

Mais non, Antoine, je plaisante ! Tu me connais, rien de tout cela n'arrivera. Je continuerai, sans jamais me fatiguer, à t'inviter dans le tourbillon de ma vie, à bouleverser ton emploi du temps, à te prendre dans mes bras pour que tu danses enfin avec moi, à oublier nos rendez-vous ou de te demander comment s'est passée ton IRM, à te montrer des choses que tu ne devrais pas voir, à te proposer de fumer une cigarette au moins une fois, à te mettre le journal sous le nez pour que tu lises ceci ou cela, à me moquer de toi jusqu'au fou rire, à te demander où tu as oublié ton cerveau, à m'émerveiller comme toi devant l'ascenseur quelconque de l'hôtel Ibis, à prendre des trains avec toi pour aller voir la mer et des métros avec un maximum de changements pour te faire plaisir.

Jusqu'au dernier jour, je te dirai que la vie a été injuste avec toi mais que tu ne dois pas la fuir. Jusqu'au dernier jour, je te dirai que la vie est courte et qu'elle t'attend.

Tout sera comme d'habitude.

Merci à Éric, mon premier lecteur,
mon premier correcteur, et bien davantage encore.

Merci à Sophie, la marraine d'Antoine,
mon amie de toujours.

Photocomposition PCA

Achevé d'imprimer en janvier 2017
par CPI
pour le compte des éditions Calmann-Lévy
21, rue du Montparnasse 75006 Paris

CALMANN LEVY s'engage
pour l'environnement en réduisant
l'empreinte carbone de ses livres.
Celle de cet exemplaire est de :
600 g éq. CO_2
Rendez-vous sur
www.calmann-levy-durable.fr

PAPIER À BASE DE
FIBRES CERTIFIÉES

N° d'éditeur : 8462178/02
N° d'imprimeur : 3020336
Dépôt légal : février 2017
Imprimé en France